# 碧《へき》涙《るい》の彼方へ

## 補《ふ》陀《だ》落《らく》渡《と》海《かい》物語

阿伽月 寛
*AKATSUKI Hiroshi*



文芸社

「何故それほどあんな穴に拘《こだわ》るんですか？」

　腑に落ちない水津《すいづ》は訝しげに問い掛けた。土木用の作業ジャケットに身を包んだ水津の向かいには、幅の狭い会議テーブルを挟んで一人の男が座っていた。

　二人のいる場所は水津が勤務するダム建設事務所一階の小会議室だった。その男は不揃いに伸びた長髪を江戸時代の本草学者よろしく後ろに撫でつけ、その小鬢《こびん》から鼻下、頬や顎にかけては中途半端に伸びた無精髭が広範囲に、それでいて一定の方向性をもって密生していた。

「まだはっきりとは判らないんですが、あの穴、というか遺跡と呼んでもいいと思うのですが、この地方の重要な伝承に係わっていると思われるんです」

　座っていてもかなりの長身であることが窺えるその男は、その長躯を折り畳むように背を丸め、マウンテンパーカーの袖から出て左右組まれている自分の手を見つめながら答えた。

「まぁ、今回の補足調査は他でもない志藤《しどう》教授からも、是非とも頼む、と連絡を受けていますし、調査費用の増額も請求しないとのことですから、こちらの契約上は問題ないと考えますが……」

　そこまで言った水津はテーブルに置かれたコーヒーカップに手を伸ばし、褐色の液体に口を付けた。そして一口含んだそれを嚥下すると、

「ただ、工期なんですよ。ご存知でしょうが、今回の業務工期は来年二月末となっていま

す。もう十二月になろうかという今から追加調査を実施して、取り纏《まと》めや業務成果の製本、何やかんやで間に合うんでしょうか？　申し訳ないんですが、発注者としてはそこが心配です」

　眉間に皺を寄せた渋い表情で、カップを両手で包み込むようにして言った。

「そこを何とか一カ月、工期延期をお願いできませんでしょうか？」

　背筋を少し伸ばした長髪の男は、組んでいた両掌を開いてそう答え、

「今回のはあくまでも補足調査でして、フィールドは二週間もあれば片が付きます。その取り纏めと推敲で二週間、合わせて一カ月。ですから、契約工期を三月末にして頂ければその補足箇所以外の報告書としてはこのとおり、ほぼ完成に近い状態で仕上げてあります」

　脇に置かれた分厚い二冊のファイルと、その上に置かれた薄いケース入りのDVD－ROMを左掌で押さえるように示し、加えて右掌をテーブルに付けて頭を下げた。そのままの姿勢で固まった二人の間に、気まずい無音の時間が流れ込んだ。

　ややあって、その停滞しつつある静寂を忌《い》むように水津が口を開いた。

「分かりました。常安《つねやす》さんがそこまで言われるのであれば、工期延期の手続きを行いましょう」

「本当ですか？　有難うございます」

　常安と呼ばれた長髪の男は、がばっと身を起こすと、その長身には似合いそうもない子

供のような笑顔を弾けさせた。

その笑顔に、

「申し訳ありませんでした。発注者として多少厳しい言葉を口にしましたが、僕個人としては常安さんのスキルを信頼していますので、短い期間ですが追加の調査を実施して下さい。ただし、くどいようですが、工期は絶対に守って下さい。三月末にはこの業務の完了検査を行いますが、その時点で製本までの全てが完了していないと完成とは認められません。そうなってしまうと、今年度予算での支払いが不可能になります。こちらも役所なので、予算は年度内に使わないといけないんです」

水津が背を曲げるように顔を突き出し、そしてはにかんだ笑顔を見せた。

「有難うございます。絶対、三月末までには仕上げますので」

再び感謝の言葉を口にした常安は、カップを持ったままの水津の両手を更に大きな両掌で包み込んだ。

満足そうな笑顔の常安が運転するライトバンを玄関先の車寄せで見送った水津は、消灯を失念したことを思い出して会議室に戻った。

案の定、狭い会議室の蛍光灯はつけっ放しのままになっていた。

「おっと、大事なものも忘れるところだった」

入口脇の電灯スイッチに手を掛けようとした水津は、テーブルの上に置かれたままのファイルとＤＶＤ－ＲＯＭを両手で持ち上げたが、

「あれ？」

灰色をした十センチ以上はあろうかという分厚い二冊のファイルの間に、緑色をした薄い一センチにも満たない簡易なファイルが挟まれていることに気が付いた。

「これって違うんじゃ……」

表紙の右上に小さく〝志藤教授への報告内容〟とサインペンで書かれたファイルを手に取った水津は、

「ま、いっか。今度会った時に返しておこう」

分厚いファイルの上にそれを重ねて小脇に抱え、会議室の灯りを落とした。

◆

研究に多忙なあの人と二年近く暮らしたが、実質一緒にいた時間は一年もなかった。あの人はフィールドワークと称して、一年の半分はアパートに帰って来なかった。

あまり知名度の高くない大学で民俗学の講師をしているが、何故か考古学紛いの分野まで手を広げていて、春から秋は遺跡や古墳の調査を行い、盆、暮れには古聞や伝承の類《たぐ》いを収集するため全国を回っていた。

元々は実家の薬局を継ぐために医学部の薬学科で学んでいたらしいが、今は文学部の民俗学科に籍を置いている。両親が揃って急逝し、他に係累もなかったことから都合良くその薬局を手放し、中学時代からの夢であった民俗学者を目指していると言っていた。

　大学の事務課職員である私のところに、あの人が共用会議室の使用願を持参して来たのが初めての出会いだった。ひょろっとした長身で無精髭を生やしたあの人は、大きな手でぶっきらぼうに使用願を突き出しながら、きょとんとした表情で私の顔を見つめていた。

　長髪の似合わない変な人、と思ったけど、許可の紙を受け取る時の子供のような笑顔が印象的だった。

　世間一般の女性と比べても華奢で背が低く、あの人から見れば子供くらいの大きさしかなくて、顔だって美人でも華やかでもない、そんな私に何故興味を示したのか分からないが、数日後突然デートに誘われ、そしてその回数を重ねるうち、いつしか大学のすぐ近くにあるあの人のアパートで、ごく自然に一緒に暮らすようになった。

　質素で慎ましやかなアパート暮らしの上、あの人と一緒に過ごす時間も短かったけど、それでも私は幸せだった。もしかすると、大人になって初めて感じる幸せだったのかも知れなかった。

　そして来る日も来る日も、この幸せがずっと永く続くように祈っていた。

もくじ

――――……ここは……
ここは、一体どこなんだ？
身体が……バラバラになりそうに痛い……
――――

（おかしい、何かが変だ
そうだ、この足跡なんだ
何故こんな足跡が？
まさか……いや、そんなことをする理由がない
何故だ？）

# 【一日目】

金魚が死んだ。

朝、出勤前に餌をやろうと水槽を覗いたら、黒い出目金がその銀灰色の膨らんだ腹を上にして浮かんでいた。もう口も鰓《えら》も動いておらず、わずか十日ほど一緒にいただけの小さな命は、静かにその営みを終わらせていた。

アパートの狭い庭に葬って掌を合わせた時、その小さな死に不憫さを感じるとともに、あの人から貰った数少ないものの一つが欠けたことに嫌な予感を覚えた。

あの人が行方不明になったという知らせが入ってきたのは、二週間の予定で中国地方へのフィールドワークに出掛けて十日後の午後だった。

朝から心の隅に張り付いている嫌な予感めいた思いを誤魔化すように大学の事務課で書類を整理していた私に、内線電話が掛かってきた。

相手はあの人を指導している民俗学科の教授で、あの人が現地調査に出掛けたままもう三日間行方が知れないと告げられた。私は返す言葉もなく受話器を取り落としてしまった。

どれくらい頭の中が真っ白になっていたのか、ふと我に返って慌てて受話器を拾い上げたが、幸いにも通話は切れていなかった。

「もしもし、大丈夫ですか？　私はすぐに向こうに飛びますが、奥さん、いや失礼、名波《ななみ》さんはどうされますか？」

「私も行きます、連れていって下さい」

電話の内容にショックを受けて何秒間か放心していたにも拘《かか》わらず、私は即座に返答した。受話器の向こうからもすぐに声が返ってきた。

「分かりました。今からすぐにアパートに戻って、急いで準備をして下さい。タクシーでそちらのアパートまで迎えに上がります」

「はい。あ、アパートの場所は……」

「ええ、前回お邪魔した時から引っ越しされてなければ分かります」

私の不安を少しでも取り除こうとしたのか、教授の言葉は軽い冗談にも聞こえた。

「では、今から三十分くらいで迎えに上がります」

そう言って通話は切れた。


あの人の話では、よく面倒を見てくれて尊敬できる教授、とのことだった。二度ほどアパートを訪ねて来てくれ、私は研究の内容で話し込む二人に料理と酒を用意した。

小柄だががっちりした体格で、四角な顔の頂部に白髪をオールバックで撫でつけた、おそらく還暦はとうに過ぎて見える教授は、私の目にも優しく面倒見の良さそうな人柄に映った。

「いや、奥さんの料理は旨い。しがない寡夫の私に味付けを伝授してもらいたいくらいですわ」

「いや、教授、あの、僕達結婚はしていないんです」

私の料理を褒めてくれる教授に、あの人は頭を掻きながら笑って言った。

「えっ、あ、そうなの。こりゃ失礼なことを言ったかな」

教授はあの人と私の顔を見比べながら、申し訳なさそうに頭を下げた。私も頬が火照って慌ててキッチンに戻った。


行方不明の知らせの後、私は上司である事務課長に事情を話すとすぐに大学を出てアパートに戻り、出掛ける準備を始めた。

行き先は中国地方の山の中だと聞いていたので、ジーンズとタートルネックセーターに着替え、ボストンバッグに一週間分の着替えを詰めた。どうして一週間分なのかよく分からないが、何故だかあの人がすぐには帰ってこないような気がしていた。

厚手のハーフコートを羽織り、ボストンバッグを手にアパートを出て空を見上げていると、前の道路にタクシーが止まった。

「名波さん、お待たせしました」

後部ドアが開き、教授が降りてきて言った。すみません、と頭を下げながら私は小走りでタクシーに向かい、ボン、という音と共に開けられたトランクにボストンバッグを放り込んだ。

後部座席に乗り込むと同時に、飛行機のチケットが取れなかったので時間は掛かるが新幹線で行くしかない、と隣に座った教授から聞かされた。

どんよりとした曇り空の下、タクシーは東京駅に向かった。


新幹線の中で教授から、あの人の調査結果にはかなり期待していることを聞かされた。

「本当はね、私が直接調査に行くべきだったのかも知れないが、今回は彼の、常安君の感性に任せてみたんだ。民俗学にはデータを地道に収集、分析する能力だけでなく、自由な発想と鋭い直感力が必要だと私は思っている。彼はその全てを備えている優秀な研究者で、いずれ准教授に推薦したいと考えている」

あの人はよく、研究で成果を上げて准教授、そして教授になる夢を語ってくれた。

「少なくとも准教授になったら、お前にも多少マシな暮らしをさせてやれる。そのためには、画期的な論文を数多く書かないと」

あの人が私を愛してくれているのは痛いほど分かっていた。小柄で地味でぱっとしない私でも一生懸命愛してくれた。

そんな私にとっても、あの人が全てだった。幸恵《ゆきえ》という親から貰った名前の割に、大して幸運も恵みもなかった私の人生の全てだった。だから、あの人が一年の半分をフィールドワークに充てても、私は待ち続けることができた。

でも、何故だかあの人と暮らし始めてから、いつかあの人を失う、あの人が私の前から突然いなくなる、そんな思いが心の隅にあった。一緒に過ごす時間は短くても、優しいあの人と暮らせるだけで幸せだった私が、何故そのように思い始めたのか分からなかった。そのネガティブな思いのせいなのか、どこかで私の顔は寂しそうな表情を見せていたのかも知れない。

十一月の中旬、今回のフィールドワークに旅立つ前日、あの人は近くのホームセンターで小さな水槽と一緒に、一匹の金魚を買ってきてくれた。黒くて小さな出目金だった。

「寂しい時はこの金魚を眺めていてくれ。犬や猫ほど表情はないかも知れないけど、それなりに愛嬌はあるよ」

そして、

「それから、今回の調査結果を検証して論文に反映させたら、そうしたら……結婚しよう」

優しくそう言ってくれた。私は嬉しくて涙が止まらなかった。あの人はそんな私を抱き締めてくれ、出発する翌朝までずっと抱いていてくれた。

しかし、あの人は帰ってこなかった。そして、その小さな金魚も死んでしまった。

そんなことを考えながら私が俯いていると、

「大丈夫だ。常安君は山での調査にも慣れているし、今回の調査地点も初めて行った訳じゃない、三度目だから。絶対に無事でいる」

教授は優しく希望の持てる言葉を掛けてくれた。

いつの間にか、窓の外には細かな雨が真横に走っていた。


県庁所在地の駅で新幹線を降り、在来線に乗り換えた私達が目的の駅に着いたのは午後七時だった。二両しかないディーゼル列車を降り、夜の闇に加えて雨でひっそりとした駅の表口に立つと、スッと目の前にシルバーのミニバンが止まった。あらかじめ教授が連絡していたのか、私達を迎えにきた車だった。

助手席のドアが開いてブルーグレーの作業服を着た男性が降り、頭を下げながら近づいて来た。

「志藤教授、お疲れ様です」

中背で筋肉質、健康的に日焼けした顔色の三十歳くらいに見えるその男性は、屈託のない爽やかな笑顔で教授と握手をしたが、その後ろに一歩離れて立つ私の姿を確認すると、すぐにその表情を曇らせた。

「水津君、済まんな、迎えまでお願いしてしまって。ああ、紹介しよう、こちら常安君の、えーと……何だ、その」

教授が私の紹介に戸惑っている事情を察したのか、その水津と呼ばれた男性は私に向き直ってお辞儀をした。

「土木省の水津です。この度は大変なことになりまして、ご心配と思います」

「あ、いえ……あの、名波と言います。こちらこそご迷惑をお掛けしまして」

水津の言葉に、私も慌てて頭を下げた。

その時、何故あの人が行方不明になったことに政府機関である土木省が関係するのか私は疑問に思ったが、その場ではそれを口にしなかった。

「ここで長い挨拶も何ですから、お二人とも車に乗って下さい。現地まではここから一時間ほど掛かりますので、車内で状況の説明をしましょう」

車の後部ドアを開けながら水津は言った。

「申し訳ない。じゃ、名波さん」

教授は車の脇に立ち、私を促すように後部座席を手で示した。私に続いて教授がシートに座ったのを確認し、水津は後部ドアを閉めて助手席に乗り込んだ。そしてシートベルトを締めながら、では、と運転手に声を掛けると、車は雨の中を静かに走り出した。

景色が動き始めてすぐに水津が口を開いた。

「常安さんの泊まっている宿から連絡があったのは今朝でした。前回の逗留、この秋十月の調査の時でしたけど、その時も一日、と言うか一晩帰ってこないことが二、三度あったようです。しかし、さすがに三晩、丸三日帰ってこないと宿の方でも心配になったようで、朝一番でうちの事務所に電話が掛かってきました」

「あの、済みません、なぜあの人、いや常安のことで土木省の事務所に連絡が行くんでしょうか？」

常安が行方不明になったこと以外事情の分からない私は、シートの背もたれから身を起こし、先ほどから感じていた疑問を口にした。

「ああ、そうか。常安君は名波さんに何も話していなかったのか」

教授が私の方を向いて言った。

「はい、済みません。あの人は調査の詳しい内容は何も話してくれなかったんで……」

「彼は、というか元々は私がなんだが、土木省のこの水津君の所属するダム建設事務所から今回の調査を委託されて、それで信頼のおける常安君を現地に送り込んだんだ。当然、土木省への報告書以外にも、彼には論文を発表してもらうつもりでいるんだが」

教授は助手席のヘッドレストに目を遣って言った。

私は教授の言った〝信頼のおける〟という表現に多少の違和感を覚えたが、すぐに水津がその後を受けて後部座席の私に向かって体を捻るようにして言葉を続けたため、その疑問は意識の外に置かれてしまった。

「今教授の話にもあったように、うちの事務所は今回の現場近くにダムを造ろうとしているんですが、工事着手に先立って水没予定地を中心に周辺地域の民俗調査をお願いしました。春と秋の調査に続いて補足調査を実施して頂き、年度末には報告書を提出して頂く予定です。秋調査の後に常安さんから提出された中間報告を見る限り、充分満足できる報告書になると思っています」

「ただ、常安君は調査範囲の、とある遺跡に関して、もう少し時間が欲しい、と言い出して、それで私から水津君の事務所に今回の補足調査の実施をお願いした次第だ。水津君には迷惑を掛けたが」

補足調査の事情を左に座った教授が話したが、前を向いたまま話す教授の顔は、新幹線の中で大丈夫だと言った割には心なしか暗く陰っているように見えた。

「あの、民俗学って遺跡の調査もするんですか？　それって、考古学の分野ではないんでしょうか？」

私は教授に訊いた。

「ああ、普通はそうなんだ。しかし、その民俗学と考古学の壁を簡単に越えていってしまうのが、常安君の凄いところでもあるんだが」

そこまで言った教授は口を噤《つぐ》み、両腕を胸の前で組んだ。そして、唇を堅く結んで目を閉じた。

そのまま車の走行音だけの時間が流れ、私は細かな雨が斜めに流れていく暗い窓の外を眺めていた。

しばらくして助手席の水津がスマートフォンを取り出し、誰かと話し始めた。そうですか、とか、仕方ないですね、という水津の言葉が聞こえた。

「申し訳ありません、雨と日没で今日の捜索は打ち切られました。ただ、明日未明には雨も上がるとの予報なので、捜索は明朝、日の出とともに再開されるそうです」

通話を終えた水津が再び後ろに体を向けて言った。

「水津君、本当に明日再開されるんだろうな？」

心配と焦りからか、教授の口調から丁寧さが消えていた。

「ええ。うちの事務所が契約している気象予報会社のスポット予報でも、早ければ今夜半、遅くとも明日未明には雨は上がるそうです。そして、それ以降三日ほどは雨が降らないようですが……」

そこまで言って、水津は少し眉をひそめた。

「が、何だね？」

「その後は季節外れの大型台風が北上していますので、悪くすると大荒れの天気になって、再び中断ということに」

「やめて下さい」

私は自分でも意外なほどの大声で言った。

「やめて下さい、そんな、あの人が三日も四日も見つからないような話は……」

言いながら目が潤んできて、声が詰まってしまった。

水津の説明に声を詰まらせたのではなかった。あの人がすぐには帰ってこないように感じている、どこかであの人の失踪を確信している自分を見透かされたような気がして、それが嫌で声を荒らげたのだった。

しかし、何故そう思っているのかは自分でも分からなかった。あの人との出会いが唐突であった以上、別れもまた唐突なのかも知れないという勝手な予感が心の底に淀み、ただそう思える、としか言えなかった。

「水津君、少しは名波さんの気持ちも考えてくれたまえ」

「い、いや、済みません」

教授の窘《たしな》める声もあって、水津は困ったように謝った。

しばらく静寂の時間が流れた後、水津が口を開いた。

「とりあえず今日は、常安さんの泊まっている旅館に向かいます。新たに一部屋押さえておきましたので教授はそちらに、名波さんは常安さんの部屋にお泊まり下さい。宿の女将《おかみ》には一通りの事情を話してありますので、お気遣いなくゆっくり休んで頂けると思います」

水津はてきぱきと合理的に物事を進めるタイプのようだった。先ほどの言葉にしても、彼にとって純粋に天候の情報を加味して述べただけだったのかも知れないと思い直すと、感情的になった自分が少し恥ずかしかった。教授は腕組みをして目を閉じたまま、何も言わなかった。

車は静かな走行音だけを立てながら漆黒の闇を走り続け、私はまた暗い窓の外を眺めた。

宿に着いたのは午後八時を過ぎていたが、私達の乗った車が止まるとすぐ、小柄な老女が赤い番傘を差して玄関から出てきた。

「まぁ、ようお出《い》でになられました。遠くから雨の中を大変じゃったでしょう」

相当の高齢と見えるその老女は腰も曲がり、その顔にはさながら年輪のように多くの皺《しわ》が刻み込まれていたが、薄鼠《うすねず》の着物の袖を片方の手で押さえながら私に傘を差し掛ける物腰には、何とも言えない上品さが感じられた。

「済みません、ご迷惑をお掛けしまして」

私は傘の下で老女の身長に合わせるように、中腰で頭を下げた。

「いんえのう。それよりも雨に濡れますけぇ、早う中に入られて下さい」

「お疲れでしょうから、教授も名波さんも、上がってゆっくりして下さい。それと、こちらはこの宿の女将です」

玄関とは反対側になった助手席から、雨に濡れながら回ってきた水津が言った。

「有難うございます。女将さん、厄介になります」

礼を言った後、教授は女将に向かって頭を下げ、玄関に座り込んで靴を脱ぎ始めた。

私が後に続いて入ろうと顔を上げた時、玄関の上に「なきや」と平仮名で書かれた古い木板が目に入った。宿の名前なのか、どんな漢字を充てるのか考えたが、女将が手を伸ばして傘を差し続けていることに気が付き、慌てて玄関の中に駆け込んだ。

私が上がり框《かまち》の横でスニーカーの紐を緩めている間、水津は女将と何か話をしていたが、板の間に上がってスリッパを履いた時、玄関の三和土《たたき》で丁寧に腰を折って言った。

「お二人のことはよく頼んでおきましたので、何かありましたら遠慮なく女将に言って下さい。明朝はちょっと早いんですが、七時頃お迎えに上がります。では、僕はこれで失礼します」

「水津君、済まなかったな」

教授は彼に向かって右手を上げ、私は、

「有難うございました」

とお辞儀をした。

玄関で女将から簡単な宿の説明を受けたが、それによると全部で六つある客室は全て離れ形式で独立した一戸建てとなっており、母屋とはそれぞれが短い渡り廊下で結ばれていた。そして中心となる母屋に男女別の浴場が設えてあるとのことだった。

水津が指示してあったのか夕食が用意されていたが、私は何も口にする気になれず辞退した。新幹線の中で何も口にしていなかったが、この時刻になっても食欲は全くなかった。

教授が部屋に案内される間、私は一人玄関で待っていた。接客は女将だけで行っているようだったが、山中のこのような旅館ではそうそう来客などないだろうから、女将一人で充分なのかも知れなかった。

そんなことを考えていると、こんな山里にこのような旅館があること自体が不思議に思え始めた私は、ふと母屋の内部を見回した。そして、照明も限られた数の白熱電球だけなので、どれくらいの広さがあるのか分からないが、建物自体は相当に古いものであることに気が付いた。見上げた梁《はり》やそれに続く黒い柱に這わされた電気配線も布巻の太いもので、子供時分に祖父の家で見たような、下手をすると昭和初期に遡《さかのぼ》る代物ではと感じた。

その時、急に何かに覆い包まれるような感じがして背筋が強張り、男か女か、老人か子供か判らないすすり泣く声が聞こえたように思えた。それは、高い天井や太い梁の重厚感によって増幅されたこの宿の持つ何か物悲しい、おそらく遙か昔からの記憶のような気がした。しかし、不思議に恐怖感はなく、ただ悲しさだけがしっとりと伝わってきていた。

梁の上の何もない虚ろとも言える空間を見上げたまま、しばらく立ちすくんでいた私の後ろから女将の声が聞こえた。

「お待たせしました。薄暗い中、済みませんでしたなぁ」

その言葉で金縛りのような硬直の解けた私は、

「こちらは相当古い宿のようですね」

頭上の虚空から女将に視線を移しながら言った。

「はぁ、今の建物自体は建てられて百年ちょっとですわ」

「百年以上ですか？」

「それより、ここでは冷えますけぇ、部屋に案内させて頂きましょうねぇ」

そう言いながら奥の渡り廊下に向きを変えた女将に連れられて、先ほど感じた不思議な感触も端からなかったかのように静々と、あの人の泊まっている離れに案内された。

その部屋の前で、杉板の重そうな引き戸に手を掛けた瞬間、もしかしたら中にあの人が戻っているかも知れない、という思いが心を過《よぎ》った。しかし、意外にもするすると軽く動いた引き戸の向こうに、当然あの人はいなかった。

後ろ手に戸を閉めると、カーテンの開けられた窓を通して入り込む母屋からの灯りで、ぼんやりと部屋の中が見えた。

六畳ほどの和室の窓際に置かれた唯一の調度品である文机の上に、あの人のものと思われる大学ノートが一冊、小型のノートパソコンの上に置かれ、そして机の横の畳の上に大きなボストンバッグが忘れ物のようにぽつんと、しかしきちんと机と平行に置いてあった。

それ以外にあの人の存在を示すものは何もなかった。

天井に吊された電灯から垂れ下がった紐を引いて部屋の灯りを点けようとしたが、整然とした部屋を見て、また、あの人が帰ってこないような、もう二度と会えないような気がした。薄暗い中で先ほどと同じように、かすかなすすり泣く声に包まれたように思えて、急に涙が溢れてきた。電灯の紐が手の中から滑り抜け、私は崩れ落ちるように突っ伏して思いっきり泣いた。

何分、何十分泣き続けたのだろう。ひとしきり涙を流した後、両手の甲で目を拭って顔を上げ、よろよろと立ち上がって電灯を点けた。

急に明るくなった部屋を、その眩しさから目を細めてゆっくりと見回したが、机とその上のもの、そしてボストンバッグ以外、新たに現れたものはなかった。さして几帳面でもないあの人なのに、ボストンバッグのジッパーはきっちりと閉められ、机の上に出されていたはずのパソコンやノートも、綺麗に右横に片付けられていた。

灯りを点ける前は気付かなかったが、この客室には奥にもう一部屋あるようで襖が少し開いていた。その襖を開けると、同じくらいの広さのそこに布団が二組、寄り添うように敷いてあった。手前の隅には柿渋の塗られた大型の、それでいて浅い竹籠が置いてあり、そこにも浴衣と手拭いが二組ずつ柔らかく畳まれていた。女将の心遣いなのか無事に帰ってくるようにとの願掛けなのか、有難くてまた目が潤んできた。

私は浴衣に着替え、手拭いを持って浴場に向かった。さっき感じた不吉な思いを全て流し、明日からの捜索に期待を持つために。

今の私にはそれしかできなかった。

戻らなければ、早くあそこに戻らなければ。
自分の脚だけでの行程とスピードに気持ちは焦るが、
まだこれから海を渡らなくてはいけない。
放心と後悔と絶望、そして焦燥……。
この数日間でどれほど無駄な時間を過ごしただろう。
だが、絶対に戻る、帰ってみせる。
今はその気持ちだけで、狭く険しい山道を急いでいる。

# 【二日目】

翌日の早朝、まだ夜が明けきらぬ薄暗い中、ランドクルーザーを運転する水津が志藤と名波の宿泊する旅館に到着した。雨はすでに上がっており、薄い靄が周囲に立ち込めていた。

宿の玄関に車を横付けし、エンジンを切って運転席から降りると、玄関から続く石畳を女将が腰を屈めて歩いてきた。齢を経て腰が曲がっている上、更にお辞儀をしているため、ただでさえ小柄な体が余計に小さく見えた。

「女将さん、おはようございます」

いきおい水津も大きく腰を折って挨拶をした。

「申し訳ありません、こんな早い時間から。女将さんにはご迷惑をお掛けします」

「いやいや、何のことはないです。事情が事情ですけぇ、できることは何でも協力させてもらいます。今お客さん方は食事をされとりますんで、水津さん、もうちょっと待って下さいねぇ」

地味ながら上品さを感じさせる浅葱《あさぎ》色の着物に身を包んだ老女将は、皺だらけの顔を愛想よく崩して言った。そしてその後、コホコホ、と軽く咳をした。

「女将さん、風邪でもひかれたんですか？」

「いんえのう。ちょっと咳が出るだけで、大したことはありゃしません」

水津の心配そうな問い掛けに、彼女は枯れ枝のような手を顔の前でひらひらと振った。

関東から転勤してきた水津にとって、あまり聞き慣れない方言交じりではあったが、彼女の話す言葉は好ましく聞こえていた。それはその独特なスローテンポに加え、包み込むように語尾が伸ばされるためでもあった。

水津は以前からこの女将とは懇意にしていた。彼の所属するダム建設事務所で、工事着手に先駆けて地域の民俗調査を、との計画が出された時、古聞、伝承の聞き取り対象として真っ先に彼女の名前が挙がったのである。昭和の初期には、既にこの宿の若女将を務めていたと言うから、相当の高齢、もしかすると百歳を超えているのかも知れなかった。本人は水津が訊ねても、

「喜寿で亭主と死に別れてからは、歳を数えるのをやめました」

と言って笑っているだけだった。

ただ、一世紀に亘るかも知れないその記憶には全く衰えがなく、社会的な出来事から地元の言い伝えまで、まさに生き字引であった。加えて、昔は託宣《たくせん》のようなこともやっていたようで、何かの予兆を感じ取ったり、人の心を読む能力があるという話だった。

女将は、ちょっと失礼、と言いながら、懐から煙草を取り出し口に咥えた。水津はすぐさま作業着のポケットからライターを取り出し、彼女の煙草に火を着けた。

「女将さんは赤ラークですか、珍しいですね」

以前何度か会った時も彼女は煙草を吸っていたが、その赤い箱の銘柄には初めて気が付いた。

「はぁ、水津さんの年代じゃ知らんでしょうが、昔は朝日っちゅう煙草がありましてな、永いことそれをを吸うとったんですが、だいぶ前に売られんようになったんで、これに替えたんですわ」

彼女はその枯れたような細い指で煙草を挟み、皺だらけの口をすぼめて一服吸った。そして控えめに、しかし美味しそうに煙を、ふうっ、と吐いた後、水津の遙か後方の山に目を遣って言った。

「あそこで〝ふだらくさん〟が出たのも六十三、いや六十四年振りかのぅ」

「ふだらくさん？」

咥えたラッキーストライクに火を着けながら、聞き慣れない言葉に水津が聞き返した。

「昔から、あそこの山は行方知れずが出るんですわ」

「行方知れずって、今回のようにですか？」

「ただ、何十年かに一度くらい、たまにですがねぇ」

「しかし、何でふだらくさんって言うんですか？」

彼女はその質問には答えず、指に挟んだ煙草をもう一服吸って煙を吐くと、先に長く延びた灰を落とさないよう、そろそろと玄関先に備え付けた灰皿まで歩いていった。水津も同じく灰を落とさないよう、彼女の後ろをついて石畳の上を歩いた。

彼女は、ぽん、とその御影石を削って立てられた背の高い灰皿に灰を落とすと、もう一回煙草を吸った後で丁寧に火を消した。

「何故でしょう、普通は神隠しとかと言うんじゃないですか？」

返事をしない彼女に、水津が焦れたような口調で訊いた。

火を消す時に指先に着いた灰を落とすように、ぱんぱんと軽く両手を叩いて彼女は口を開いた。

「そうですなぁ、普通だったら神隠しとか天狗飛ばしとか言いますすなぁ。じゃが、あそこ、あの山でだけはふだらくさんっちゅうんですわ」

そこまで聞いた時、玄関に志藤と名波が現れた。

◆

私と、朝食を終えた教授が玄関に出ると、表で女将と水津が立って話をしていた。

「や、水津君おはよう。朝早くから済まんな」

「おはようございます」

靴を履こうとしている教授の後ろで、私はぺこりと頭を下げた。

「お二人ともおはようございます」

水津は吸っていた煙草を灰皿に押しつけながら挨拶をし、玄関口に一歩寄ると続けて言った。

「雨も上がりましたので、予定どおり日の出とともに捜索を再開するそうです。先ほど、所轄の警察から連絡がありました」

「おお、そうか」

私が框に腰を下ろしてスニーカーの紐を結んでいると、革靴の踵に長い靴べらを差し込みながら教授が立ち上がった。

「今日は僕の運転する車で現場に向かいましょう」

「いやいや、申し訳ないな。しかし、水津君、仕事の方はいいのか？　捜索に加わるつもりなのか？」

靴べらだけでは履き切れなかったのか、教授は玄関から出て、靴の爪先をとんとんと石畳に打ちつけながら言った。

「はい、僕は今回の調査業務の担当者ですし、ここ数日は捜索におけるお二人のサポート役となるよう、事務所長から言いつかりました。ただ、運転手付きの車は塞がっていましたので、多少乗り心地は悪いんですがこの車でご案内します」

「済まんな、後で事務所長にも挨拶に行こう」

教授が軽く頭を下げ、私も慌てたように続いてお辞儀をした。

朝起きて鏡に映した私の顔は、あまり眠れなかったせいか、白目が少し充血して涙袋の下には薄く隈が出ていた。

「ただしお二人とも、まあ僕も含めてですが、捜索に直接参加することはできません。現地の地形はかなり急峻で、下手をすれば滑落などの二次災害も予想されます。捜索作業は地元の警察と消防団、そして森林組合の方々にお任せしましょう」

「しかし、君はさっき車で現地に行くと言ったんじゃないのか？」

教授は不満そうに返した。

「はい、現地には捜索本部ができています。こちらの宿でお待ちになるよりも、そちらに行かれた方がいいかと思いまして」

「いえ、足手纏《まと》いになってもいけませんので、それで結構です。ただ、現地には連れていって下さい」

申し訳なさそうに話す水津に、私はきっぱりと言った。

「分かりました、それでは出発しましょう」

水津は後部ドアを開けて私達二人を促し、運転席に座るとイグニッションキーを回した。大排気量と思えるエンジンが息を吹き返し、マフラーから多少濁った排気を吹き出し始めた。

水津が運転席のドアを閉めようとした時、足早に近づいてくる女将の姿がドアミラーに映った。

「ちょっと待って下さいな」

ウィンドーガラスを下げて見ると、彼女の胸には紫の風呂敷包みが大事そうに抱かれていた。

「これを持っていって下さい。大したもんは作れんじゃったが、むすびと漬け物が入っとります」

女将は包みを窓越しに差し出した。

「有難うございます」

水津は礼を言って風呂敷包みを優しく助手席に置いた後、シートベルトを締めて後部座席の私達に振り向いた。

「では準備はいいですか、出発します」

私達の乗った大型の四輪駆動車は、踏み込まれたアクセルに呼応して、独特のうなり声を上げながら発進した。


宿の敷地から町道に出たところで、水津は簡単に現地の説明を始めた。

「現地はここから車で十五分くらいのところです。地元で御嶽《おんたき》と呼ばれている山の、麓から山頂までが捜索現場となっているんですが、その麓に小さな寺がありまして、そのすぐ隣の空き地に捜索本部を設営しています。昨日うちの業者に依頼して、捜索開始と同時に本部テントや仮設トイレを設営しました。この時季になりますと山は結構冷え込みますので、一応ストーブも持ち込ませました」

「常安君がそこに行ったのは間違いないのかな？」

教授が水津の説明を遮るように訊ねた。

「ええ、先ほど言いました寺の方、その寺に住んでおられる尼さんなんですが、その方が四日前の朝、御嶽に登っていく常安さんを見ているそうです。常安さんが調査用に借りていたレンタカーも寺の隣、今テントの張ってある場所に駐《と》められていました。ただし車で行けるのはそこまでで、御嶽にはそこから歩いて登るしか手はありません」

「常安君が向かった先は、やはり……その遺跡なんだろうか？」

「それしか考えられません。補足調査の要望が出された時も、常安さんは、その穴を調べる、と言っていましたから」

水津がハンドルを切りながら答えた。

「遺跡ってどんなものなんですか？」

それまで黙っていた私は訊いた。

「洞穴、というか大きな岩盤の裂け目です。いつからそれがあるのかは判りませんが〝おわたり〟と呼ばれていて、御嶽とともに信仰の対象となっているようです。場所は御嶽の六合目あたりで、入り口に注連縄《しめなわ》と柵が張られ、一般の人は立入禁止となっています」

「君は行ったことがあるのか？」

私に向かって答える水津に、教授が意外そうな顔で訊いた。

「え、ええ、昨日行ってみました」

何故か一瞬戸惑うように水津が答えたところで、私は後部座席から運転席の背もたれを両手で掴み、身を乗り出すようにして訊ねた。

「どうでした？　あの人の何か分かりましたか？」

「……いいえ」

一呼吸置いて済まなさそうに水津の口が開き、私はその言葉で力が抜けたように座席に座り直した。

そのまましばらく、無言の時間が流れた後、

「着きました」

運転席から声が聞こえた。私が顔を上げると、すでに夜が明けて明るくなった前方に白いテントが見え、パトカーを含めた何台かの車が駐まっていた。

水津は森林組合とボディに書かれたライトバンとパトカーの間にランドクルーザーを滑り込ませた。

「よし、着いたか」

後部座席からの教授の声に、

「車高が高いんで、気を付けて降りて下さい」

言いながら慌てて運転席から降りた水津が、後ろに回って後部座席のドアを開けてくれた。

注意深く後部座席から降り、多少冷え込む中を水津が先頭になってテントに向かうと、

制服を着た中年の警察官が出てきて軽く敬礼をした。

「おはようございます」

「上田《うえだ》課長、おはようございます」

警察官の挨拶に水津が答えた。

「捜索は予定どおり日の出とともに再開しました。本日も所轄の署員に加えて消防団、森林組合の協力も仰ぎ、総勢二十四名で対応しとります」

水津に上田と呼ばれた警察官は制帽を脱いで小脇に挟み、丁寧な口調で言った。そして、ちらっと教授と私に視線を移し、こちらは、と水津に訊ねた。

「蓬央《ほうおう》大学で常安さんが師事しておられる志藤教授です。今回、我々の事務所がお願いしました民俗調査でチーフを務めておられます」

教授は軽く会釈をした。

「そしてこちらの方は、常安さんの、ええっと……」

「婚約者の名波です」

言いよどむ水津に代わって口を開いたが、何故か婚約者という言葉がすんなりと出たことに、自分自身でも驚きを感じた。

「そうですか。いや、この度はご心配なことになりまして、心中お察しします」

「こちらは所轄署の上田課長です。常安さん捜索の指揮を執っておられます」

私に頭を下げる上田を掌で示しながら水津は言った。

「では、テントの中で詳しい説明をさせてもらいますんで、どうぞ」

上田は三人をテントに招き入れた。

テントの中には細長い会議テーブルが二卓並べられ、周りに折りたたみ式のパイプ椅子が六脚置かれていた。その奥ではジュラルミン製のトランクに載せられた大型の無線機が、シャー、という音を発していた。

外は寒く感じたのだが、テントの隅ではアルミ製の大きな薬罐《やかん》を乗せた灯油ストーブが焚かれていたため、中は程良く暖かかった。

そのせいか、強張っていた喉と胸が緩み、私は鈍く溜まっていた息を少しだけ吐くことができた。

「どうぞ、お掛け下さい」

上田はストーブの上の薬罐から急須に湯を注ぎながら椅子を勧め、湯気を立てている湯飲みを配った後、テーブルの上に畳まれていた大型の地図を広げた。

そして、三人が着席したのを確認すると、広げられた大きな地図の上に両手を突き、立ったまま説明を始めた。

「まず捜索の範囲ですが、えー、この御嶽と呼ばれとります山の南側、麓から山頂までと、東西の谷から谷の間を対象としています。中腹に『おわたり』と呼ばれる穴がありますが、そこまでは町道が続いとります。ですが、車は軽トラック程度しか通れません、狭いんですわ。捜索はその町道を中心に山腹や沢、全てを当たっとります」

上田はキャップを閉めた赤いボールペンで、ぐるりと円を描くように範囲を示した。その円の中にある、彼らの言う御嶽と思しき山は、歪《いびつ》な四角錐《しかくすい》のような形をしているのが、表示された等高線から確認できた。地図を覗き込んでいた教授が少し顔を顰《しか》めて、ふん、と小さく鼻を鳴らした。

「そんで、常安健司さんの姿が最後に確認されたのは……」

「最後と言わないで下さい」

上田の言葉に私の口が反応し、強めの言葉が彼の説明を遮った。

「済みません……、最後という言い方をしないで下さい」

しかし、二言目は掠れるような小さな声しか出せなかった。
二、三秒、無言の時間が流れた後、上田が口を開き、
「済んませんでした、婚約者さんの気持ちも考えんで失礼な言い方をしました」

私に向かって丁寧に頭を下げた。

「説明を続けさせてもらいます。常安さんの姿が確認されたのは四日前、月曜日の午前九時頃です。普段からおわたりを守《も》りしとられる、隣の寺の尼さんが常安さんと話をされとります。が、そのまま御嶽に登っていかれて、それ以降の足取りは不明です」

そこまで説明して上田は椅子に座った。

「寺の方とはどんな話をされたんでしょうか？」

「はい、寺の隣の空き地、今このテントの立っとるこの場所のことですが、ここに車を駐

めさせて欲しいということと、御嶽に登る許可を求められたそうです。登る許可っちゅうても、御嶽は町有地になっとりますし、登るのは自由なんですが。まあ、おわたりを守りされとるんで、一応許しを乞われたんでしょう」

　水津の問いに答えながら、上田はポケットから煙草を取り出した。足元には工事現場にあるような、一斗缶を赤く塗った灰皿ならぬ灰缶が置いてあった。咥えた煙草に火を着けて煙を一息吐いた後、

「や、女性の方がおられたのに、こりゃ済んません。煙たかったですか？」

　今更ながらに上田が言ったが、

「いえ、私も吸いますので」

と私が答えたのを機に、教授も水津も安心したように煙草を取り出し、それぞれが火を着けた。私もポーチから取り出したメンソールの煙草に火を着けた。

　四人の紫煙が漂う中、教授が訊ねた。

「寺の方が常安君と会ったのは分かったが、その後、その方が見ていない時に山から下りたということはないのだろうか？」

「ないと思われます」

　上田は即座に口を開いた。

「御嶽の、正確には終点であるおわたりから寺の前を通って、下の県道と交わるこの町道は全くの一本道です。この寺のすぐ下に、県道との交差点までの間に畑が何枚かあるんで

すが、そこの持ち主が早朝から日暮れまで、ずっと畑の世話をしとられたそうです。朝九時頃、常安さんの運転する車が御嶽に上がっていくのを見とられますが、その後日没まで誰も下りてくる人は見とらんそうです。その日没後に下りたという可能性もない訳じゃありませんが、何より常安さんの車がここに置きっ放しです。車を放置して、徒歩でどこかに移動というのもちょっと……」

そこまで言って、上田は短くなった煙草の火を足元の缶の内側に押しつけ、吸い殻を中に落とした。その後その缶を回しながら三人とも同じように吸い殻を入れた。

一通りの説明を終え、上田は無線機の前に席を移した。時折、捜索班からであろうか、捜索位置と状況報告が無線機のスピーカーから流れ、応答した彼は先ほどの地図にラインマーカーで報告のあった範囲を囲んだ。更にボールペンでその囲みから引き出し線を描き、その先に時刻と状況を細かく書き込んだ。私たち三人は、何をするでもなくその動きを眺めていた。

何度かその行為が繰り返された後、遙か遠くの方からサイレンの響きが聞こえてきた。

「あれは？」

何かを期待した表情で、私は視線を上田に向けた。

「町役場の正午を告げるサイレンですわ。田舎町ですんで、ああして正午になるとサイレンを鳴らすんです」

そうですか、と小さな声で答えて、ふぅ、と小さな息を吐いて顔を伏せた。

そのまま何十秒かの静寂がテントの中を支配したが、それを打ち払うかのように水津が、「では」と言いながら、隅の椅子に置いていた、宿の女将に持たされた包みを取り上げた。固く結ばれた風呂敷を解くと、中の重箱には海苔でくるまれたむすびと卵焼き、それと一口大に切られた沢庵漬けが、三人分にしては多めに並べられていた。教授と水津はむすびを手にとって口に運び、上田にも勧めたが、「愛妻弁当がありますんで」と、実直そうな警察官は笑顔で手を横に振った。食欲を感じない私は手を伸ばさなかった。

「名波さん、何か腹に入れないともちませんよ」

「いえ、朝ご飯はしっかり頂きましたから」

心配した水津が勧めてくれたが、私は首を横に振った。

誰もが言葉を口にしない静かな食事が終わり、四人は薬罐の湯で入れたインスタントコーヒーを飲みながら捜索状況を見守っていたが、何の進展もないまま一時間ほどが過ぎた。

その停滞した時間の流れに堪えかねた私は、

「町道を、そのおわたりまで上がってみてもいいでしょうか？」

突然、口を開いた。他の三人が揃って私の顔を見た。

「捜索をしようと言うんじゃないんです。行ってみたいんです」

男達の顔を一通り見回した後、その視線を上田に向けた。

突然の申し出に、その警察官は咄嗟に可否を口にできず、驚いたような表情で私の目を見た。そして、うーん、と腕組みをして考え始めた。

「そうだな、ここでただ待つよりも、一度現地を見てみるのもいいかも知れない」

教授も椅子に腰掛けたまま、膝に手を置いて背筋を伸ばした。

「課長、どうでしょう、我々男二人も一緒に行きますので」

水津がフォローするように言うと、上田は水津と教授の二人の顔を見比べながら間を置き、

「分かりました。その代わり、町道から絶対に外れることなく、三人が一緒に行動して下さい。そして、皆さん方の誰でも結構です、おわたりに着いた時と、そこから下りる時、必ず私の携帯電話に連絡を入れて下さい。この二つが条件です」

少し険しい表情で言った。

「有難うございます。課長の携帯番号は知っていますので、僕が必ず連絡を入れます」

水津が胸ポケットに入れた、おそらくスマートフォンであろう、それをその上から押さえて言った。私達はパイプ椅子から腰を上げ、「では行ってきます」と上田に言い残してテントを出た。

私達三人が外に出たところで、先頭に立つ教授が水津を振り返りながら訊いた。

「ここからは歩きだな。水津君、おわたりまでどれくらい時間が掛かるかな？」

「そうですね、僕の脚で登り二十分程度です。ただし、昨夜の雨で足元もぬかるんでますから」

「じゃそれに加えて、女性と年寄りの脚を考慮して、倍の四十分というところか」

教授は御嶽を見上げて言った。

「とりあえず、車の後ろに長靴を何足か積んでいますので、お二人とも履き替えますか？」

ランドクルーザーの後ろに回った水津が訊いた。

「ああ、この革靴じゃあな」

「お願いします」

私達二人の同意を得た彼が後部ハッチを開け、適当なサイズの白いゴム長靴を取り出した。そして自分は大型のウェストバッグを腰に回し始め、

「では行きましょうか」

私と教授が長靴に履き替えたのを確認すると、促すように言った。

狭い町道を揃って歩き始めた時、私はふと後ろを振り返った。テントの外で上田が見送っているのに加え、その向こうの寺の門前から小柄な尼僧が一人、こちらを見ていた。そして、前を行く水津もその姿を見つめていた。

◆

町道を上り始めた三人は、それぞれ違う思いでも持っているかのように、ただ無言で足を進めていた。三人の足音だけが木立の間に響き、やがてそれは緩慢なリズムに変わっていった。やはり志藤と名波の脚力ではゆっくりと登るしかないな、と水津は思った。

登っていく町道の右は見上げるほどの急な傾斜の雑木林、左下は深い谷となっており、道は御嶽の南斜面に張り付くように斜めに上っていた。時折、道の左右上下から、おーい、という捜索の声が聞こえてきており、捜索隊も何班かに分かれて行動しているようだった。

昨日の朝、常安が戻らないとの連絡を女将から受け、警察に連絡するとともに水津も単身御嶽に登っていたのだが、常安の姿を見つけることはできなかった。

（しかし、あの足跡はどう考えても異常だ。

普通ではあり得ない。

何故あんな足跡を残したんだ。

ただの悪戯？

誰に対しての？

意図的だとしても、そんなことをする意味はないはず。

もしかすると考え過ぎなのか？

しかし、常安さんは行方が知れない。

単純に事象だけから考えれば……）

「水津君、何をぶつぶつ言ってるんだ？」

後ろから急に志藤が声を掛けた。頭の中で思考しているだけのつもりでも、自然と水津の口が小さく声を発し、それが他の二人に聞こえたらしい。

「あ、いや、済みません」

ばつが悪そうに頭を掻きながら足を進める水津に、再び声が聞こえた。

「これは何だろう？」

振り返ると、志藤と名波が町道脇にある小さなお堂の前で足を止めていた。

「相当に古いお堂ですね」

少し戻って志藤の隣に立ち、水津が言った。

「銘板も何も掛かっていないな。位置からして山を奉《たてまつ》るものとしては不自然だし、中には何も納められていない」

志藤は中を覗き込みながら首を捻った。同じく中を執拗に覗き込んだ名波は、常安の手掛かりでも捜すようにお堂の裏に回っていった。

「行きましょうか、もう少しでおわたりです」

名波がお堂を一回りするのを待って、水津は歩き始めながら二人に言った。

おわたりが近いと分かったためか、後ろを登ってくる二人の足取りが速くなり、水津も歩幅を広げて足を進めた。

◆

おわたりは水津の説明どおり岩の裂け目のような浅い洞穴で、横幅三メートル、高さ四メートル程度の不等辺三角形をした空間が五メートルほど奥まで続いていた。

「これがおわたりか」

教授が入り口を下から上に見上げた。私は入り口に設けられた一メートルほどの高さの木柵に手を掛け、顔を迫り出して内部を確認した。常安本人もしくは彼に繋がるものがあるのでは、と思ったのだった。

スマートフォンで上田への連絡を終えた水津が、ウェストバッグから大型のマグライトを取り出してスイッチを入れ、その強力な光で照らされた洞穴は奥までがはっきり確認できた。

奥の岩壁には、縦に緩く伸ばされたアルファベットの「Y」のような紋様が上部に七つ、不規則な間隔で横並びに赤黒い顔料のようなもので描かれていたが、それ以外には何もなかった。

「中に入ることはできませんか？」

私は懇願するように言った。

「やめた方がいいでしょう。上の注連縄を見ても分かるように、ここは聖域です」

水津が言うように、柵の真上には古くて太い注連縄が張られていた。

「それに、中には横穴や身を隠す空間などありません」

言いながら彼はマグライトを私に差し出した。それを受け取り、私は柵から身を乗り出すようにして中を照らした。

幾度も光の輪を上下左右に動かした後、私は項垂《うなだ》れながらマグライトを返した。教授は穴からやや離れた場所で御嶽の山頂を見上げたり、逆に近づいて山肌の地層を調べたりしていた。

「そろそろ下りましょうか」

しばらくして水津が私達に声を掛けた。教授は、ああ、と言ったが、私は項垂れたまま無言でいた。

「名波さん、ここにいても始まりませんので、下で情報を待ちましょう」

水津は近づいてきて優しく言った。

「はい」

かろうじて聞き取れるほどの小さな声で答えた私の目は、涙で潤んでいた。水津は私から目を逸らすように胸ポケットからスマートフォンを取り出し、上田に下りる旨を伝えた。

おわたりから御嶽を下るには、登る時よりもかなりの時間を要した。私の足取りが目立って重くなっていたためだった。立ち止まって長い間おわたりを振り返ったり、突然その足を止めて俯いたりする私に、教授も水津も敢えて急かさず、その都度私が歩き始めるのを待ってくれた。

◆

御嶽からの道ををほぼ下り切り、もうすぐ本部テントというところで、テント向こうに有る寺の山門が視界に入った。

（そう言えば、さっき登り始める時にも尼僧がこっちを見ていた。

何だろう？

大体、何故ここに尼寺なんだろうか？）

水津はふと疑問を覚えた。


御嶽を下りた三人はテントに戻り、上田の淹れたお茶を啜って乾いた喉を潤した後、タイミングを計ったように煙草に火を着けた。

しばらく黙って紫煙を燻《くゆ》らせ、各々が缶でその火を擦り消した時、

「悪いが水津君、ダムの事務所へ挨拶に行きたいんだが」

突然志藤に声を掛けられ、水津は慌てて席を立った。

「あ、はい、ではお連れしましょう」

そして名波に顔を向けて言った。

「名波さん、教授と一緒に事務所に行きますが、名波さんはどうされますか？」

その問いに、

「私は……ここに残ります」

名波は下を向いたまま、ややあって小さく答えた。

「そうですか、分かりました」

優しい口調でそう言った水津は、上田に向き直って言葉を続けた。

「上田課長、我々は遅くとも夕方までには帰ってきますので、申し訳ありませんが、それまで名波さんをお願いします。それと、何かあったらすぐに戻ってきますので、その時には僕のスマートフォンに連絡して下さい」

「分かりました」

上田は無線機の前の椅子から立ち上がって敬礼をした。

ランドクルーザーを運転しながら、水津は後部座席の志藤に尋ねた。

「名波さん、大丈夫でしょうか？」

「ああ、昨夜はあまり眠れなかったんだろう、少し疲れているようだな。ただ彼女も言っていたように、朝食はある程度食べたようだから」

窓の外を見ながら志藤が答えた。

「そうですか……」

水津はそれ以上何も言わなかった。


「教授はどう思われますか？」

ダム建設事務所の狭い会議室で差し向かいに座った水津が、大きく紫煙を吐いた後、志藤に訊ねた。香ばしいグァテマラの匂いを堪能するかのように、鼻下にボーンチャイナのコーヒーカップを構えた志藤は、窓の外を眺めながら褐色の液体を一口含み、そして大きな溜息の後、口を開いた。

「どうって、何が？　常安君のこと？」

町役場近くにある水津の所属するダム建設事務所で、志藤が事務所長に挨拶をして礼を述べた後、二人は複数ある中で一番小さい会議室に入った。当然、他の人間にはあまり聞かれたくない今回の件に関する話をするためだった。

「ご存知とは思いますが、蓬央大学にお願いした業務は、水没予定地を含めた地域の古聞や伝承を記録することが目的です。しかし、常安さんはその伝承等とは関係のなさそうなあの穴の調査に相当な時間を割いていました。何故なんでしょう？」

「何故って……そりゃ君には関係ないように思えるかも知れんが、地域の信仰対象物件などというのは、意外に過去の出来事や言い伝えに関係していることが多いんだ」

志藤はカップを胸の前に持ったまま、上目遣いで答えた。

「今回の調査で、常安さんはただならない執着をあのおわたりに向けていたように思えます。しかも、教授もそれを認めて、後押しするような動きもされました。他の調査項目に比べ、あまりに濃さが違うんです。くどいようですが、この業務はあくまでも記録が目的であって、特定の物件に関する解明などは求められていません」

「そんなことは分かっている」

非難とも聞こえる水津の疑問に対して、志藤の声が荒くなり、

「もう二、三日のフィールドを終えたら、君の言うところの記録と取り纏めに入る予定だ

ったんだ。それは工程どおりに進める」

もうこれ以上の議論を拒否するかのように、空になったコーヒーカップをカツンとテーブルに置いた。

お互いの立場もあり、今回の失踪とは関係のない議論に発展してしまったせいか、二人とも多少気まずくなったようで、

「では、そろそろ現地に戻りましょうか」

と言う水津の低い声で、揃って西日の入り込み始めた会議室を後にした。


二人を乗せたランドクルーザーが御嶽下に戻った時、陽は既に西の山に隠れ、赤い残光を微妙に纏った薄闇が捜索本部のテントを包み始めていた。

「おお、水津さん、戻られましたか」

「上田課長、様子はどうでしょう?」

テントに入った水津は、無線機前のパイプ椅子から立ち上がった警察官に訊いた。

「それが、今日のところは何の発見も進展もありません。もう日没を迎えましたし、捜索班の安全も考えまして本日の作業は終了し、また明朝、日の出とともに再開することにしました」

上田は立ち上がったまま、ちらっと横目で名波の様子を見ながら答えた。水津も名波の様子を確認したが、彼女は暗い表情で椅子に腰掛けたまま静かに下を向いていた。

「そうですか、やむを得ませんね」

残念そうにそう言った水津は、名波の隣の椅子に腰掛け、

「で、ここは、このテントはどうするんですか？」

再び上田に訊いた。

「はい、無線機などの番も必要ですし、もしかしたら夜の間に常安さんが戻ってこられる可能性もありますんで、明朝まで見張りの警官を一人張り付かせます」

「そうですか。お心遣い感謝します」

座ったままぺこりと頭を下げた水津は、

「では、名波さんと教授、今日のところは宿に引き上げましょうか」

顔の向きを変え、静かな口調で両隣の二人に問い掛けた。教授は渋い表情で、うむ、と声を出したが、下を向いたままの名波から返事はなかった。彼女を除く三人は身動きもせず返事を待った。

およそ五秒ほどの静寂の後、「はい」と名波の口が小さく動いた。

「それでは、宿までお送りします」

水津は敢えて無表情に立ち上がった。

暮れきった闇の中、道路照明もない県道を水津の運転するランドクルーザーが、ヘッドライトの滑らかな光跡を残しながら疾走していた。その車内に人の会話はなく、角張ったボディが空気を切り裂く音と、重厚なエンジン音だけが響いていた。

◆

私と教授は水津の運転する車で宿に到着した。車を降りて顔を上げると、女将が玄関の前でお辞儀をしていた。

「お疲れになったでしょう。お食事もお風呂も用意できとりますんで、まずは上がってゆっくりされて下さい」

女将は私の背中を優しく押すようにして中へ導いた。

「お食事を部屋に運びましょうか？　それとも、先に風呂に行かれますか？」

昨夜と同じ部屋に案内しながら女将が訊いてきた。昼食を口にしなかったためか、さすがに空腹を感じていた私は、食事を先に、と答えて部屋の引き戸に手を掛けた。

「では、すぐにお持ちしましょう」

女将は風邪でもひいているのか、軽く咳をしながら母屋に下がっていった。

引き戸を開けて灯りを点けた部屋の中はきちんと掃除がされ、新しい寝具が二組延べてある以外、あの人の、そして私が置いた荷物も今朝方出ていった時と全く変わりない位置に並んでいた。

私は、ふと思ってあの人のボストンバッグを開けてみた。中にはスーパーのビニール袋に入れられた汚れ物や、大雑把で不器用なあの人のために私が畳んで入れた、真新しい下着と厚手のネルシャツがあった。そしてその下敷きになるような形で封の開けられていない煙草、あの人の吸っていたエコーが三箱、バッグの底に転がっていた。その他の持ち物は全て身に着けているのか、いつも使っているボディバッグも含めてバッグの中にはなかった。

バッグのジッパーを閉めた時、「失礼します」と声が聞こえて部屋の戸が開き、小柄な老体のどこにそんな力があるのか、食事の膳と小ぶりなお櫃《ひつ》の載った大きな盆を持って女将が入ってきた。

「朝早くから丸一日御嶽におりんさって、お疲れでしょう」

膳とお櫃を並べながら、女将は落ち着いた優しい口調で話し掛けてきた。

「いえ、私はテントの中で待っていただけですから」

私は座布団の上に正座をしながら答えた。

「待っとられるだけでも草臥《くたび》れるもんです。特に気持ちの疲れは、悪い考えばかりを呼び起こしますけぇ」

そこまで言って、女将は私の手を柔らかく握った。

「余計なことは何も考えず、ただ戻ってくることだけを、また逢えることだけを願うんです」

「はい……有難うございます」

女将の優しい言葉に目が潤んで、私は顔を伏せた。

「山ん中の田舎宿で気の利いた料理は出せんですが、アクの強うない、腹に優しいもんを膳に上げました。時間は気にせんとゆっくり召し上がって下さい」

そう言い終わると、女将は静かに部屋を出ていった。

頬に流れた涙の筋をハンカチで拭き、顔を上げて膳を見た。女将が言ったように、確かに派手さのない、品数もさして多くない料理ではあったが、丁寧に手を掛けて作られていることは容易に見て取れた。

細かく刻まれた野菜を包んだしんじょの餡掛け、柔らかそうな鰻の卵綴じ、上質そうな海苔で巻かれた蕎麦寿司、分葱《わけぎ》とアサリの酢味噌和え、そして真っ白でプリプリとした牛乳羹と蓴菜《じゅんさい》の入った透明な吸い物。胃袋が正直に喜びの声を上げ始めたところで私は箸を取った。

料理をほぼ平らげた後、膝を崩してポーチから煙草を取り出し、細いピンク色のライターで火を着けた。

あの人は、私が煙草を吸うことに関して何も言わなかった。それどころか、私の喫煙する姿をじっと見つめながら、

「幸恵は美味しそうに煙草を吸うなぁ」

と笑顔で言っていた。そして、

「しかし、そんな軽い煙草、俺だったら一日に四箱は吸わないと足りないだろうな」

と笑った。

また、涙が頬を流れた。

(だめ、泣いちゃだめ)

女将さんが言うように、気持ちをしっかりと持ってあの人を待っていなければと、灰皿で細い煙草の火を消した私は、隣室の竹籠の手拭いを手にすると、すーっ、と大きく息を胸に吸い込んで引き戸を開け、ゆっくりと風呂に向かった。

◆

宿から事務所に戻った水津は、ランドクルーザーを車庫に納めると、処理しなければならないデスクワークのため、二階にある事務室に向かった。

自分の席に戻るとすぐに、上司である課長に呼ばれた。

「水津君、捜索の状況はどうかね？」

「いや、まだ何とも」

水津は課長のデスクの前に立ってその問いに返した。

「事務所長から聞いたが、志藤教授と常安さんの婚約者も来られているそうだが？」

「ええ可哀想ですが、手掛かりも何もなくて」

「そうか……台風も近づいて来ているし、心配だな」

「やはり上陸ルートですか？」

「ああ、もう十二月になろうかって言うのにだ。まだスピードは上がっていないようだが、最も西寄りのルートを取ると、中国地方直撃の可能性が高いな。まあしかし、仕事の方は気にしなくていいから、水津君はなるべく二人のサポートに当たってくれ」

小太りで人の良いその課長は心配そうに言った。

「はい、申し訳ありませんが、そうさせて頂きます」

そう言いながら、水津は自分の椅子に座ってパソコンの電源を立ち上げた。ディスプレイが点灯し、ウィーンというハードディスクの駆動音とともにウィンドウズが立ち上がるのを待ちながら、彼はふとデスク脇に置かれた緑色のファイルに目を遣った。それは、常安が忘れていったファイルだった。何をするでもなく二、三秒見つめていたが、ハードディスクの立てる音が止んでディスプレイにログイン画面が表示されたことから、視線をディスプレイに戻してＩＤとパスワードを打ち込み、今回の一件とは関係のない業務書類の作成に取り掛かった。

そのまま集中して書類作成を行っていた水津の背中に、

「悪いが、先に失礼するよ」

という声が聞こえた。キーボードから手を離して振り返ると、ビジネスバッグを左手に提げた課長が立っていた。首を捻って壁の時計を見ると、既に針は午後九時を示していて、事務室内はその場の二人だけになっていた。

「あ、はい。僕ももう少ししたら帰りますので」

椅子に座ったまま答える水津に、

「じゃあな」

課長は右手を挙げて、

「事務室の施錠はしっかり頼んだぞ」

と笑顔で言い残し、部屋を後にした。

課長が帰って三十分くらい後、

「よーし、できた。これで明日午後からの会議はＯＫだ」

水津は固まった背筋を伸ばすように両手を天井に向かって伸ばし、うーっ、と声を上げた後、再び姿勢を戻して作成した文書を保存した。

「さて、今夜はカップ麺をおかずに飯を食うか。久々のジャンク飯だぁ」

誰に言うともなく独り言《ご》ちながらパソコンをシャットダウンした彼は、大型のクラッチバッグを小脇に抱え、事務室の施錠をして通用口に向かった。

山道脇の低い崖下に僧侶らしき人が倒れているのを見つけた。

先を急ぐ思いではあったが立ち止まり、山道から下に向かってその俯せの身体に、

「おーい」

と声を掛けた。

そして、さほど険しくない斜面を下り、その身動きしない首筋に手を当てて確認したが、その僧は既に事切れていた。

その網代笠《あじろがさ》を取って顔を見ると、さして苦悶の表情もなく、体にも致命的な外傷が見当たらないことから、おそらく脳か心臓かの突発的な異変で死に至ったものと思われた。

立ち上がって両掌を合わせた時、その体躯はかなり大柄な、この時代には珍しい長身であることに気が付いた。

# 【三日目】

　翌日は運転手付きの自動車が空いていたことから、水津は助手席に乗って早朝の宿に到着した。

　教授と名波は食事中なのか、女将が玄関先で一人煙草に火を着けていた。

「女将さん、おはようございます」

　運転手に待っているよう言い置き、助手席から降りた水津はその横顔に声を掛けた。

「おはようございます」

　備え付けの灰皿に灰を落とした女将は、掠れた声とともに笑顔を向けた。

「女将さん、声が少しおかしいですね。大丈夫ですか？」

　水津は怪訝な顔を見せながら女将の横に立ち、胸ポケットから取り出したラッキーストライクに火を着けた。

「はあ、夜中に少し咳が出ましてなぁ。でも、咳止めの頓服を飲みましたんで大丈夫です、大したことはありませんで」

「そうですか。でも無理はされないようにして下さい」

　年季と皺の刻み込まれたその顔から、具合の善し悪しは読み取れなかったが、向けられた笑顔に安心したのか、水津は鼻と口から紫煙を昇らせながら言った。

「お二人はまだ食事ですか？」

「いんえ、食事はもう終わられて、今は身支度をされとります。そろそろお出《い》でんさると思いますが」

水津の問いに、女将は皺枯《しわが》れた指で煙草の火を灰皿に落としながら答えた。

女将の言葉が終わるか終わらないかのタイミングで、玄関に二人の姿が現れた。

「水津君、おはよう。今日も早くから済まんな」

「おはようございます」

挨拶をしながら、志藤は屈み込んで左靴の後ろに指を突っ込み、窮屈そうにその踵を納め、名波は腰を折って深くお辞儀をした。

「お二人とも、おはようございます」

水津も女将に倣《なら》うように煙草の火を落とし、玄関に向き直ってお辞儀をした。昨日と同じように女将の作った弁当を持ち、三人はミニバンに乗り込んだ。

玄関先で見送る女将に水津が手を振って発進すると、すぐに彼は助手席から身体を捻りながら後部座席の二人に言った。

「申し訳ありませんが、僕は午後からどうしても外せない会議に出席しますので、昼過ぎにこの車で事務所に帰ります。で、この車だけを再び捜索本部に戻しますので、以降はご自由に使って下さい」

「ん、そうなのか。そうだな、君だって通常の仕事があるだろうし、我々の世話ばかり対応してもらうのも申し訳ない。そりゃ午後からの会議を優先してくれ」

「こうやって送り迎えだけでも大変ですのに、私達のことは結構ですから、遠慮なく仕事に戻られて下さい」

志藤と名波からの恐縮したような返事に、

「申し訳ありません」

水津は再び言い、軽く頭を下げた。


捜索に進展も新たな展開もなく時間は過ぎ、捜索情報を待つだけの時間に多少倦《う》み始めた水津の頭に、ふと隣の尼寺のことが浮かんだ。

（そう言えば、最後に常安さんと話したのは、あの寺の尼僧だと言っていたな。何を話したんだろう？

もしかして、常安さんがおわたりに拘った理由が分かる何かを、話したり聞いたりしていないだろうか？）

そう思った水津は、

「隣の寺に行ってみようと思うんですが」

右隣で熱そうにコーヒーをすすっている志藤と、テーブルを挟んでその前に座る名波に声を掛けた。しかし、二人とも寺には興味がないのか、志藤は、うむ、と無表情に答え、名波は水津の顔をちらっと見たきり何も言わなかった。その無反応を予想していたかのように、水津はそそくさとテントを出ていった。

その寺は小さな本堂と、隣接する納屋とも見える庵から成っていて、猫の額ほどの境内を加えても七十坪程度の広さしかない極々小さなものだった。しかし建物自体は相当に古く、おそらく優に百年以上は経っているだろうと思われた。小走りに近い足の運びで寺に着いた水津は、その山門を見上げた。

そこには楷書体で大きく「蓬央寺」と書かれていた。

（蓬央寺……蓬央大学と何か関係があるんだろうか？
まあ、いくら最近の大学が多角的な事業展開を行っているとしても、まさかこんな田舎で寺の運営まではやっていないだろう）

そんなことを考えながら水津が上を見上げていると、中から声を掛ける人があった。

「どちら様でしょう？」

細身で小柄な尼僧だった。法衣《ほうえ》を着けて頭から白い被りものをしているため年齢のほどは定かでないが、腰も曲がり、おそらく八十はとうに超しているのではと思われた。

「あ、あの、済みません、土木省のダム建設事務所で働いている水津と言います。今、御嶽で行方不明になった方の捜索を行っているんですが、ちょっとお話を伺わせて頂いてもよろしいでしょうか？　それと、ついでと言っては申し訳ないのですが、あの、トイレを貸して頂けないでしょうか？」

「そうですか、どうぞどうぞ。ご不浄は、入られて本堂左の奥にございます」

尼僧は斜めに振り向いて、数珠を持った右手で本堂の左側を指し示した。

「有難うございます、お借りします」

水津はお辞儀をしたまま中腰で山門を潜り、本堂の下でマジックテープ式の安全靴を脱いでトイレを目指した。テントの中で繰り返し飲んだコーヒーのせいか尿意は限界に達していて、膝を内側に絞り、腰を引いた姿勢で歩みを進めないといけない状況となっていた。用を済ませ、大きく安堵の息を吐きながら脇に置かれた古い石臼の手水鉢《ちょうずばち》で手を洗った水津が本堂を出ると、境内の隅で先ほどの尼僧が腰を屈めて、小さな黒猫におそらく出汁《だし》殻《がら》であろう煮干しを与えていた。

「可愛い猫ですね」

ハンカチで手を拭きながら、水津は彼女と猫の横から声を掛けた。

「ええ、捨てられたのか親からはぐれたのか、縁あってここに住み着くようになりました」

彼女は猫の喉を軽く撫でながら言い、

「それはそうと、何かお聞きになりたいことがおありとのことで」

軽くポンポンと手をはたくと、その手を膝に当てて、よいしょ、と小さく声を出して立ち上がった。

「あ、はい。五日前、今週月曜日の朝なんですが、常安という男の人がこちらを訪ねてきたと聞いていますが？」

「はい、確かに。背の高い方で、何でも土木省から依頼された調査をされているということで」

彼女は水津に正対して答えた。

「その時、何を話されたんでしょうか？」

「はぁ、おわたりの調査をしたいので御嶽に登らせて欲しいと仰いまして。ですが、御嶽そのものはうちの寺のものじゃございませんので、ご自由に、と返事をさせて頂きました。ただし、おわたりには柵が設《しつら》えてありますので、その中には絶対に入らないよう、とは注意させて頂きました」

「その他には？」

水津は手にしていたハンカチをポケットに突っ込みながら訊いた。

「それだけです」

その言葉に腕組みをし、ふうん、と言って下を向いた水津に、

「その方は礼を言われて、そのまま御嶽に上がっていかれました」

視線を御嶽に移しながら付け加えた。

（それだけか……。

そうだろうな、見ず知らずの寺の方にそれ以上話すこともないだろうな）

それ以上の情報を諦めた水津は、

「ところで、こちらの蓬央という寺号《じごう》には何か謂《いわ》れがあるんでしょうか？」

ふと、先ほど山門で感じた疑問を口にした。

突然の寺に関する質問に、彼女は水津の顔を見上げた。そしてそれには答えず、

「お茶をお出ししますので、時間がおありでしたらお掛けになりませんか？」

陽の当たる本堂の、縁側とも言うべきか、ほんの僅かしかない回廊に顔を向けた。

彼女が茶を準備する間、本堂の中を一頻《ひとしき》り見回した水津は、何故か違和感を覚え続けていた。

小さいながらもそれらしい造りの本堂があり、質素ながらも一応の仏具も揃って抹香の香りもする。

しかし、寺という雰囲気が感じられない。

(何故だろう？

あまりに規模が小さいからだろうか？)

そんなことを考えていると、尼僧が盆に茶碗を二つ載せて現れた。「頂きます」と言って馥郁《ふくいく》とした香りと温かい湯気の立つ茶を啜っていると、隣に正座した彼女が山門の方を見ながら口を開いた。

「寺号につきましては、寺の縁起書に、創建された上人様が号された、とあります。ただその由来や意味は書かれていません。縁起によりますと、上人様がこの地に来られるまでここは寺ではなかったんです」

「寺ではなかった……」

　水津は茶碗から口を離し、その横顔を見た。

「はい。ここは元々、御嶽のふだらくさんの、その縁者が生活をしながら待つための小屋、と言いますか住まいだったようです」

　彼女はゆっくりと、何かを思い出すように話した。

「ふだらくさんって、あの……行方不明者のことですか？」

「まぁ、よくご存知で」

「ええ、なきやの女将に教えてもらいました」

　水津の言葉に、何故か彼女は一瞬間を置き、そうですか、と目を伏せた。そして、一呼吸入れて説明を続けた。

「昔から御嶽では男衆がいなくなり、後に女衆が残されるのが通り相場だったようです。皆が皆、という訳ではないのでしょうが、愛しい人が忘れられず、可愛い息子が諦め切れず、この場所で待ち続ける女達がいたそうです」

　尼僧の口から出た〝愛しい人〟という言葉を水津は意外に思ったが、そのまま聞き続けた。

「それを不憫に思われた〝じょうあん上人様〟がここにこの寺を創建され、寺号を蓬央寺とされました。いずこからかこの地に来られていた上人様は、その豊富な慈愛と知識で病に苦しむ多くの人をお救いになったことから、地元だけではなく近隣の村々や代官所からも尊敬され、皆からお慕いされておられました」

そこまで語った彼女は盆から茶碗を取り、お茶を一口啜って溜息とも取れる空気を少し吐き、そして再び続けた。

「この寺を開かれてから後、上人様は更なる衆生救済を願って即身仏となることを決心されました」

水津は、危うく口に含んだ茶を噴き出しそうになった。

「そ、即身仏ですか？　即身仏って、あの、断食して土に埋まって、それで自分でミイラになるって、あれですか？」

慌てたように問いかける水津に、彼女は表情を変えずゆっくりと答えた。

「そうです。死した後もこの世にご自分の肉体を遺され、命あるもの全ての救済と安寧を望まれたのです」

尼僧は再び茶を口に含み、

「上人様は五穀断ち、十穀断ちと呼ばれる苦行を千余日掛けて行われた後、今からちょうど一六〇年前の嘉永四年十二月一日、おわたりの下にある石室で入定《にゅうじょう》を果たされました」

そう言って御嶽の方向に顔を向けた。

「おわたりの地下に石室ですか？」

「いえ、おわたりまでの途中、道の脇に小さなお堂があるのですが、その下、地下に入定された石室があるという話です」

そうだったのか、あのお堂は入定した場所を奉ったものだったんだ、と水津は心の中で納得した。

(即身仏は入定からしばらくして掘り出される。

いや、この場合は石室だから運び出されるという方が正しいのだろうが、そうした後、しかるべき場所に安置されると聞いたことがある。

あのお堂は教授の言うとおり山じゃなくて、上人が即身仏となった石室を奉るためのものだったんだ。

だからお堂自体には何も納められず、奉るべきものはその地下にあったんだ)

山門に目を戻した彼女は、

「そして仏となられた上人様は今、御本尊としてこの寺に安置されています」

そう言って茶碗を傾けた。

水津は、そうか、と思わず声を出した。この寺に対して感じていた違和感、その理由が判ったからである。寺の本堂には、普通は御本尊とされる仏像があるのだが、ここにはそれがなかった。そこそこの仏具は置かれていたが、その御本尊であるべき仏像の代わりに、質素だが大型で頑丈そうな黒い厨子《ずし》が置かれているだけで、このことが水津に違和感を与えていたのだった。おそらく即身仏はその厨子の中に安置されていると思われた。

「それで仏像の類いがなかったのですか」

「はい。縁起にもじょうあん上人様がどこの宗派、どちらの山に縁のある方かは記されておらず、それを特定する仏像や経典なども最初からなかったようです。ですからこの寺は、未だどこの宗派、末寺にも属しておらず、山号《さんごう》もありません」

水津は無宗派の寺という存在を初めて見た。宗派に属さず山号もなく、寺としてやっていけるのか想像もつかなかった。

「しかし、無宗派ではいろいろと不都合もあるのでは？」

純粋な疑問を口にしてみた。

「いえいえ、こちらには門徒も檀家もございません。ただ裏手には、先ほど申しましたふだらくさんを待ち続けながら亡くなられた縁者方々の墓がいくつかありますが、ひたすら御本尊をお守《まも》りするだけの寺ですから、何も不都合などございません。それに恥ずかしながら、私も毎日手を合わせるだけで、お経すら知りません」

彼女は微笑みながら平然と言った。

水津はあ然としてその顔を見つめた。

(仏像や経典がないだけでなく、尼とはいえ僧においてはお経すら知らないとは……。こんな寺があり得るのか。

それでは寺じゃないのでは……)

そう思えた。

「まぁ、それでも何かあった時には、少し離れた真言宗の古刹《こさつ》を頼ることもございます。即身仏になられたのであれば真言宗ではと、その寺のご住職が仰られまして」

水津の頭の中ではこの寺に関する奇異な状況が整理できず、混沌とした渦がぐるぐると回転を始め、軽い目眩を感じた。

その不快感を誤魔化すように頭を振ってコキコキと頸《くび》を鳴らし、水津は話題を変えた。

「そう言えば、こちらではふだらくさんと呼ばれているようですが、六十数年前にも行方不明者があったように聞きましたが、何かご存知ですか？」

それを聞いた彼女は、驚いたように、それでいて何かを探るような表情で彼を見た。しかし、すぐにその顔を曇らせて、

「そのことはよく知りません。なきやの女将にでも尋ねられたら」

突き放すような語調で言った。

その顔に本当に知らないという表情はなく、何か触れられたくない領域に踏み込まれたとも感じられる、不快感を示す皺が眉間に現れていた。何が気に障ったのか、お引き取り下さいと言わんばかりの彼女の態度に、水津はもう何も尋ねることができなかった。

その時になって、水津はもう長い時間テントを離れていることを思い出した。

「ああ、長居をして済みませんでした、そろそろテントに戻らないと。どうもご馳走様でした」

茶碗を盆に戻した彼は、両手を膝に当てて立ち上がり頭を下げた。尼僧は座ったまま何も言わず、歩き始めた水津を見送っていた。

テントに戻った水津に志藤が言った。

「長かったな」

「済みません、寺の方と話していましたので」

「何か新しいことは判ったのか？」

「いえ……」

答えた水津はパイプ椅子を引いて座り、煙草に火を着けて上を向いた。

考えれば考えるほど不思議な寺だった。どこの宗派にも属さず檀家も持たず、即身仏を本尊として、しかも守りをしているのはお経も知らない老尼僧。何から何までアンバランスで、全く体裁が整っていないような気がして、全ての事項が大きく棘を伸ばしたように、心の中で引っ掛かっていた。

(寺としてありながら、全くその機能を果たしていない。

というより、寺としての機能を全く求められていない。

本来、寺というものは人の死を扱うと同時に、仏教の世界観を示しながら仏陀への帰依を求める場所のはず。

それがその機能を果たさず求められず、何のために百数十年も存在し続けるのか？

何故……)

立ちのぼる煙を眺めながらそこまで考えたところで町役場のサイレンが響き始め、時刻は正午となった。例によって女将の作った昼食の重箱を名波に預け、

「では、済みませんが事務所に戻ります。何かあったら遠慮なく僕のスマートフォンに連絡して下さい」

　水津は志藤と名波に言い、振り返って、

「上田課長、よろしくお願いします」

　と一礼してテントを出た。

　テント脇に停車していたミニバンのスライドドアに水津が手を掛けた時、

「水津君、ちょっと」

　後を追うようにテントから出てきた志藤が、多少低いトーンでその背中を呼び止めた。

「何でしょう？」

　後部座席のドアノブに手を掛けたまま水津は振り返った。

「ちょっと訊ねるが」

　そう言った志藤は、水津との間隔を詰めるように一歩、二歩と近づき、何故か顔を寄せてきた。

　その動作を怪訝に思った水津がドアから手を離して正対すると、

「常安君から何か預かっていないだろうか？」

　顔を近づけたにも拘《かか》わらず、志藤は水津から視線を逸らすように訊ねた。

「何か……とは？」

　自分より二十センチは背が低く、その上、視線を合わさない相手が発する質問の意味が分からず、水津は訊き返した。

「いや、心当たりがないのならいいんだ。足を止めて済まなかった」

小柄な教授はそう言って踵を返し、背を丸めてテントに戻っていった。

(何だろう?)

何のことか分からず首を捻った水津だったが、すぐに、

(さて、早く事務所に戻って昼食を摂らないと、今日の会議は長丁場だからな。資料もプリントアウトしておかなくちゃいけないし)

午後からの予定に気を移し、ミニバンのドアをスライドさせて二列目のシートに乗り込んだ。


午後からの濃密な会議が終わり、水津が自分の席に戻ったのは既に日の暮れかけた夕方五時過ぎだった。

「水津君、ご苦労だったな。おかげで事務所長も満足する結論となった。君が作った綿密な資料の成果だ」

席に座ろうとする水津の肩を課長が笑顔で叩いた。

「いえいえ、課長の示された方向で取り纏めただけです。有難うございました」

「それにしても、あの根拠資料は素晴らしい。今後の工程管理における疑問点やその回答が全て洗い出されている。針の頭ほどの疑問や矛盾も許さない、その実証手法は恐ろしい

くらいだ」

「課長、あまり持ち上げないで下さいよ。僕は辻褄の合わない事象が気持ち悪いだけなんです」

そう言った水津は、左脇に抱えていた分厚い資料を机の上に置いて椅子に腰掛けると、ふう、と大きく安堵の息を吐いた。

会議は、水津達が建設しようとしているダムの工程に関するもので、およそ三ヶ月ほど遅延している工程をどうやって進捗させるかが焦点だった。

(さてと、今日のうちに会議の議事録を纏めておくか)

そう思った水津は、パソコンを立ち上げようと、電源スイッチに手を伸ばした。

その時、水津のスマートフォンが激しく振動し、左胸にむず痒さを感じた。会議中であったことから、音が出ないようにマナーモードとなっていた。

その掻痒感の原因を胸ポケットから取り出してディスプレイで確認すると、相手は上田課長だった。

「もしもし水津です」

「あー上田です。今よろしいですか?」

「はい、OKです」

「たった今、日没のため本日の捜索は終了しました」

「何か進展はありましたでしょうか?」

「いや、残念ながら何もありませんでした」

「そうですか。で、例の二人は？」

「今、そちらの事務所の車で宿に向かわれました。明日も夜明けとともに捜索を再開する予定ですが、前線が南下しとる上に、台風も直撃コースの可能性が高いっちゅう予報が出とるのが気懸かりですわ」

「そうですね。僕が言うことじゃないかも知れませんが、捜索を行う方々の安全にも注意して下さい」

「了解しました、お心遣い感謝します。では、これで失礼します」

「有難うございました」

通話を終えた水津は、それを上着の胸ポケットに収めながら溜息をつき、

（今日も進展なしか。

しかし、三日間も捜索して何も手掛かりがないというのも不思議と言えば不思議だ。

それに、あの足跡も……。

一体、常安さんは……）

そう考えながらもパソコンの電源スイッチを押した。

いつもどおりのログイン画面を待ちながら、ぼんやりとディスプレイを眺めていた水津の視野に、例の緑色のファイルが映った。

（そう言えば、教授の言っていた何かって、これか？

預けられたわけじゃないけど……）

水津はふと左手を伸ばし、それを手に取った。表紙を開くと、それはびっしりと手書きの細かい文字がこれでもかと密集した、A４版レポート用紙十枚ほどのファイルだった。

特に凝視するでもなく、左手親指の腹を滑らせるようにぱらぱらとページを流した彼の手が、ん？　という小さな声とともに止まった。

（何だ……これは）

急に険しい表情となった水津は、椅子の背もたれに預けていた重心を起こして前屈みとなった。そして、ファイルの最初に戻って次々とページを捲り、その不思議な記述内容に目を通し始めた。読み進むうち、水津の視線は二枚の写真が貼り付けられたページに釘付けとなった。

そこには、例のおわたりを正面から撮影したものがページの上半分を占めるように貼られていた。それだけであれば、何の変哲もない調査対象としての記録でしかなかったが、水津の視線を捉えたのは、その写真の下に記された〝転位制御〟という、およそ民俗学とは縁がないと思われる言葉だった。

その下にもう一枚、水津も現地で見た、おわたりの奥の岩肌に描かれていたアルファベットのイラストでＹに見える七つの紋様が拡大写真として貼り付けられていた。更に下には、手書きのＹに見える七つの紋様が書かれ、曲線の両矢印で各々のＹを移動させるかのような動きが示されていた。

二十分以上かけてそのレポートを読み終えた水津は、

「マジか……これは」

引きつった表情でそう呟いた。

◆

旅館で夕食を済ませた私は、体を捩《よじ》るようにして机の上にあった灰皿に手を伸ばした。その視界にあの人のボストンバッグが入った時、ふと思い至って咥えていた煙草を指に取り、元の箱に戻した。そしてボストンバッグを開け、彼のエコーを手に取った。

封を切り、彼がやっていたように、ぽんぽん、と箱を叩いてその一本を唇に挟み、火を着けた。そして、一服吸い込んだ途端、そのあまりの強さに、初めて煙草を吸った時のように咳き込んでしまった。私の吸っているセーラムに比べ、ニコチンもタールも格段に強力で粗野な荒さが喉を刺した。

(こんなにキツいのを吸っていたんだ)

もう一服、今度は軽く吸い込んだ。

(でも……美味しい)

また涙が流れた。

(いつからこんな泣き虫になってしまったのだろう。

いつも一人で待っていたけど、泣いたことなんかなかった。

あの人に優しくしてもらって泣きそうになったことはあったけど、寂しくて泣いたことなんかなかった。

いつもと、いつ帰るか分からないあの人をアパートで待ついつもと、何も変わらないのに、今は一人になると涙が止まらない。

ぽんと軽く人差し指で煙草を弾き、大きなガラスの灰皿に灰を落とした。

（本当は分かっている）

心のどこかに、あの人がもう帰ってこないんじゃないかと思っている私がいることに、本当は気が付いている。

その私は、何故そんなことを考えているのだろう？

私は壊れ始めているのだろうか？

でも、その私もここに座っている私も、どちらも何かを待っている。

ここに座っている私は、あの人の帰りを待っている
心の中の私、もしかしたら本当の私は何を待っているのだろう？）

「ふっ」

馬鹿なことを考えている自分が嫌になり、つい鼻を鳴らしてしまった。

（今の私には待つことしかないのに……）

立ち上がって隣の部屋に行き、きれいに畳まれた手拭いを掴んだ。

（馬鹿なことは考えないで、あの人を待とう。
あの人は帰ってくる。
絶対に私のところに帰ってくる）
私は顔を上げて背筋を伸ばし、薄暗い渡り廊下を風呂に向かった。

この僧衣は多少歩きづらいが、何とか山を越えて港に着いた。
あの亡骸には申し訳なかったが、着衣を含めて持ち物一切を頂くことにした。
後は舟に乗って海を渡らなくてはいけない。
そして、絶対、絶対に戻ってみせる。

# 【四日目】

　どんよりと天を塞ぐように低く垂れ込めた雲の下、旅館から私達の乗った土木省のミニバンが捜索本部の置かれたテント脇に着いた。そして、後部左のスライドドアが開けられ、私は教授に続いて車を降りた。

「夜半に小雨が降ったんで、足元に気を付けて下さい」

　助手席から降りた水津の声もあり、私達は泥濘《ぬかるみ》を避けながらそろりそろりと歩みを進めた。先に回った水津が、おはようございます、と声を発しながらテント入口を捲ると、

「おはようございます」

　軽く敬礼した上田課長が声を発した。

　私と教授がパイプ椅子に腰掛けると、その奥の椅子におそらく重箱を包んでいるのであろう、風呂敷包みを置いた水津が、

「教授、ちょっと」

　と声を掛けた。

「ん？」

　と顔を上げた教授の目を意味ありげに一瞬見た水津は、くるりと背中を向け、テントの外に出ていった。そして、怪訝な表情をした教授も後を追うように外に向かった。

（何だろう？）

そのやり取りを見た私の頭に何か小さく疑問が過《よぎ》ったが、

「コーヒーを飲まれますか？」

上田の問い掛けを受け、すぐにそれは意識の外に追い遣られてしまった。


「水津君、どうしたんだ？」

後を追うように出てきた志藤が水津の背中に問い掛けた。

「資料を見つけました」

振り返った水津は無表情に言った。

「資料？」

「ええ、昨日教授から、常安さんから何か預かっていないか、と訊かれたものだと思いますが」

「おお、あったのか？　で、資料はどこに？」

「事務所です。常安さんに提出頂いた報告書のファイルに挟まっていました」

驚いて水津の顔を見上げた志藤の表情が疑念を抱いたものに変わった。

「まさか、中を見た……のか？」

睨《ね》め上げる男の視線をまともに受けながら、無言のまま水津は肯いた。

五秒ほどの沈黙が二人の間を占めた後、

「ここでは……君の事務所で話をしようか」

無表情にも見える水津の顔から視線を逸らした志藤は、ミニバンに向かって足を踏み出した。

テントの入口から顔を覗かせた水津は、笑顔で名波に声を掛けた。

「済みませんが、志藤教授と一緒に事務所まで戻ります。話が終わったらすぐに帰ってきますので、ここで待っていて頂けますか」

「話って」

「こんな時に申し訳ないんですが、ちょっと業務契約に関する話がありますので。上田課長、名波さんをお願いします」

名波が口にする疑問も聞こえていないかとも見える態度で、彼は振り向いている警察官に言った。

「了解しました」

敬礼をする上田課長の前で、名波がまだ何か訊きたそうにしていたが、水津は彼女に視線を戻すこともなくその顔をテントから抜き、志藤と運転手の待つ車に向かった。

「これです」

ダム建設事務所の会議室で水津は薄いファイルを志藤に差し出した。

表情を窺うような視線を相手に向けた志藤は、ゆっくりと右手を差し出してその緑色をしたファイルを受け取った。そして、徐《おもむろ》に中の記述に目を通し始めた。

会議テーブルを挟んで座った二人の間に五分ほどの静寂が流れた後、パタンとファイルを閉じた志藤の鼻から、ふーん、という低い声が漏れた。

「これは一体何なのですか？」

志藤の動きを待っていたかのように、水津が低い声で訊いた。しかし、ファイルの裏表紙を見つめた志藤の口からは何の言葉も発せられず、数秒後、その無言の男はゆっくりと脚を組んで体を捻り、脱力したように左腕を椅子の背もたれの後ろに垂らした。その顔は小さな窓の外に向けられていたが、何かを捉えている視線には見えなかった。

「教授、常安さんは一体何を調べていたんですか？」

水津が顔を突き出すようにして放つ問い掛けにも、彼の視線は動かなかった。その無反応に倦《う》んだのか、水津は前屈みになっていた体の重心を背もたれに預け、目の前の男と同様に窓の外に視線を移した。

数十秒の沈黙が続いた後、

「今回の一件、おかしいとは思いませんか？」

水津は質問の方向を変えるように口を開いた。

「今日で捜索四日目です」

その無反応を承知したかのように、水津は教授に向き直り、テーブルの上で両手を組んで言葉を続けた。

「小さな山でしかない御嶽の、あの狭い捜索範囲で二十人以上の捜索隊をもってして、もう四日間も常安さんは発見されません。本人はおろか痕跡すら……いや……教授、おかしいとは思いませんか？

　それに、もっと不可解なのは常安さんの行動です。無償で追加調査まで実施して、本来の業務とは関係ないと思えるあの穴、おわたりばかりを、何かに取り憑かれたように調べています。これには常安さんの熱意もですが、教授、貴方の意思も働いているんじゃないかと僕には思えるんです。

　加えてこのファイルです。中を拝見させて頂きましたが、我々の発注した業務とは懸け離れた、全く以てＳＦか伝奇小説としか思えない、荒唐無稽な内容が記述されています。そして、おそらくそのファイルを貴方は捜していた。それも、常安さんが行方不明になっている最中に、です。

　貴方達は一体何を調べているんですか？」

　一気呵成《いっきかせい》とも言える勢いで水津が疑問の言葉を吐く間、窓の外を向いた志藤の目は、瞬き以外の動きを一切示さなかった。

　ここ数日間で高まっていた疑問を一気に投げた水津が、その重心をゆっくり椅子に預けた時、

「常安君は本当に山を、御嶽を下りていないのだろうか？」

　志藤の口だけがゆっくりと動き、抑揚なく呟くように言葉を発した。何十分ぶりかとも

思える相手の音声に、水津は背もたれから身を起こし、

「それは、最初に上田課長が説明した状況からも、間違いないでしょう」

左肘をテーブルに載せながら答えた。

「常安君のレンタカーが麓に残っていたからか？　畑にいた目撃者が下山を見ていないから？　何故そう言い切れる？　全て状況証拠でしかないじゃないか。もしかしたら別の道で山を下りたのかも知れないし、道ではないルートを伝って下りた可能性もある。何故そう決め付けられるんだ？」

相変わらず、志藤は無表情に窓の外を見ていた。ただ、だらりと下げられていた腕が今は胸の前で左右組まれていた。

「残念ながら、上田課長の説明にもあったように、御嶽に上り下りする道はあの町道一本だけです。それを無視して、敢えて藪や森、獣道を下りようとした場合、確実にその痕跡は残ります。森林組合の方々も山のプロですから、それを見逃す可能性はありません。それに……」

「それに？」

水津の口籠もるような最後の言葉に、志藤の体と顔が向き直った。その射るような視線をまともに向けられた相手の男は、作業服の左胸ポケットに右手を入れた。

水津が胸ポケットから取り出したのはスマートフォンだった。そのロックを解除して左親指でディスプレイをスワイプした彼は、左手を伸ばし、その機器を志藤に差し出した。

「これは？」

受け取ったスマートフォンの画面を一瞥した志藤が訊いた。

「常安さんが戻らないという宿からの連絡を受けて、教授達がこちらに到着された日の午前、僕は一人で御嶽に登りました。その時におわたりの中で撮った写真です」

その答えに志藤は再びディスプレイを見つめ、

「これは……足跡か？」

「はい」

「誰の……も、もしかして」

「常安さんの足跡です。おわたりの柵を越えて奥に向かう足跡です」

「し、しかし……」

「先ほど僕は、捜索において常安さんの何の痕跡も、と言いましたが、実はこの常安さんの足跡だけは僕が確認していました」

「な、何故それが常安君の足跡だと断定できる？」

尚も抗おうとするかとも聞こえる言葉を吐きながら、志藤はスマートフォンを左手で軽く持って水津に返した。それを受け取った持ち主は、更にディスプレイをスワイプして別の写真を呼び出した。そして、再びそれを相手の眼前に掲げ、

「麓に駐車されていた常安さんのレンタカーに残されていた足跡です」

身を乗り出すように言った。

そこには、おそらく車のフロアマットであろう、その上に泥汚れでスタンプのように浮き出た靴底の模様があった。

「フロアマットに残されていたものです。常安さんが履いていたのはキャラバン社のトレッキングシューズで、底のパターンに特徴があります。それにサイズも三十センチと日本人には珍しい大きさでしたので、まずこの地で他に履いている人物はいないでしょう」

そしてまたスワイプし、

「先ほどのおわたりの足跡をよく見て下さい」

ディスプレイを相手に向け、それに顔を近づけて覗き込んだ志藤は、ん、という表情を見せ、更にその距離を近づけた。

「そうです、奥に向かう足跡だけで、戻ってきた足跡がないんです」

志藤からの言葉はなく、呼び出された写真を凝視するだけだった。

「僕はこの足跡を見つけた時から、ずっと何かが鳩尾《みぞおち》に引っ掛かっていたんです。そして、この常安さんのファイルを見た瞬間、それが何なのかが、今回の一件の異常さが判り掛けてきたんです」

そう言うと、水津は深く椅子に座り直し、スマートフォンを置いたテーブルの上で両掌を組んだ。

冷たいまでの静寂が二人の間に流れ、その彼我一メートル足らずの距離が凍り付く寸前、

「もう一度訊きます。そのファイルに書かれていることは、本当なのですか？」

郵便はがき

料金受取人払郵便

新宿局承認

3970

差出有効期間
2022年7月
31日まで
(切手不要)

160-8791

141

東京都新宿区新宿1－10－1

(株)文芸社

愛読者カード係 行

| ふりがな<br>お名前 | | 明治 大正<br>昭和 平成 年生 歳 |
|---|---|---|
| ふりがな<br>ご住所 | □□□-□□□□ | 性別<br>男・女 |
| お電話<br>番 号 | (書籍ご注文の際に必要です) | ご職業 |
| E-mail | | |
| ご購読雑誌(複数可) | | ご購読新聞<br>新聞 |

最近読んでおもしろかった本や今後、とりあげてほしいテーマをお教えください。

ご自分の研究成果や経験、お考え等を出版してみたいというお気持ちはありますか。

ある　ない　内容・テーマ(　)

現在完成した作品をお持ちですか。

ある　ない　ジャンル・原稿量(　)

| 書　名 | | | | |
|---|---|---|---|---|
| お買上<br>書　店 | 都道<br>府県　　　市区<br>郡 | 書店名 | 書店 | |
| | | ご購入日 | 年　月　日 | |

本書をどこでお知りになりましたか?
1.書店店頭　2.知人にすすめられて　3.インターネット（サイト名　　　）
4.DMハガキ　5.広告、記事を見て（新聞、雑誌名　　　）

上の質問に関連して、ご購入の決め手となったのは?
1.タイトル　2.著者　3.内容　4.カバーデザイン　5.帯
その他ご自由にお書きください。
（　　　）

本書についてのご意見、ご感想をお聞かせください。
①内容について

②カバー、タイトル、帯について

弊社Webサイトからもご意見、ご感想をお寄せいただけます。

ご協力ありがとうございました。
※お寄せいただいたご意見、ご感想は新聞広告等で匿名にて使わせていただくことがあります。
※お客様の個人情報は、小社からの連絡のみに使用します。社外に提供することは一切ありません。

眉間に皺を寄せた水津の口から、ゆっくりと言葉が流れた。

前夜読んだファイルの内容は、おわたりが時空転位を引き起こす穴、という俄《にわか》には信じられないものだった。そして常安と志藤は、このおわたり以外にも、以前からその存在を追い続けているとも読み取れるものだった。

「僕には信じられない内容が記されているのですが……もし、それが本当だとしたら、確かに常安さんが行方不明になったと思われる月曜日から今日までの一週間、本人はおろか痕跡すら見つからないというのも合点がいきます。しかし、あのファイルに書いてあることは、あまりに荒唐無稽《こうとうむけい》な話なんです。

教授、教えて下さい。貴方達は何を考えて、何を探っているんですか？」

一瞬間を置いて、ふうー、という長い息が吐かれた後、その志藤の口から、

「仕方ないな」

と言葉が出た。そして、それからさらに四秒ほど間を置き、志藤の口が重そうに開いた。

「君は極めて論理的思考能力の高い技術者だな。いや、論理的かつ唯物的に事象を捉えて謎を解こうとするその姿勢は、まさに学究の徒とでも呼ぶべきか……とにかく、あのファイルを見られた以上、ある程度は話さんと納得せんのだろう」

胸ポケットから取り出したショートホープを咥えて火を着けた大学教授は、大きく紫煙を吐きながら、

「ならば話そう、今回、いや常々、我々が何を調査研究しているかを。ただし、全てを話

すわけにはいかない。そして、今から話すことは他言無用、この場限りとしてもらいたい」

自らもラッキーストライクに火を着け、相手にアルミ製の灰皿を勧めた水津の目を捉えながら言った。その迫力ある眼力に射竦められたように、学究の徒と呼ばれた男は居住まいを正し、顎を引いた。

「内部で時空転位を起こし、人やものが消えてしまう穴が存在する、ということだ」

昨日ファイルの中身を読んでいたとはいえ、目の前で志藤が語る驚愕の言葉に水津の目が大きく見開かれ、身体は硬直した。

そんな相手の反応にはお構いなく、志藤はもう一度煙草を吸い、短くなったそれを灰皿に押し付けた。

「教授、それは真面目に仰ってるんですか？」

ようやく奇天烈《きてれつ》な話に頭と体が反応し始めたのか、テーブルから身を乗り出す水津に、志藤が向き直った。

「ああ、大真面目で言っている。そして全て真実だ。穴の中の空間が歪み、人間が忽然と消えるのは、実際に起こる現象なのだ。過去にもその瞬間を確認している」

志藤の身体が深く沈み、その重心を大きく背もたれに預けた。

「日本で、この穴というか、異様な現象の研究を行っている者は、私と常安君も含めて数人しかいないと思うが、海外ではかなりの研究者がいるようだ。ただ、ほとんどが表に出ず、密かに研究している者ばかりだから、正確な人数や詳細な成果は分からん」

そう言った志藤は、再び胸ポケットから煙草を取り出して火を着け、

「まあ、信じる、信じないは君の勝手だが」

紫煙を吐きながら、投げ遣りにも聞こえる言い方をした。

志藤が諦めたように語る言葉を、水津はあ然とした表情で聞くしかなかった。そして、その表情を嫌うかのように、志藤の視線は自らが腹の上で組む両手に移った。

「信じるも信じないも……あまりに……」

水津は、吸うのも忘れて大きく伸びた煙草の灰を灰皿に弾きながら呟き、

「では、常安さんはその穴、つまりおわたりで時空転位した……と？」

相手の顔を見た。

「おそらく。君の見た常安君の足跡からも、それは間違いないだろう」

志藤は指先で摘んだショートホープを灰皿に押し付けながら、

「あのファイルから見ても、彼はあの紋様の配置に相当な興味を持っていたようだ。あれほど紋様には触るなと言っておいたんだが」

苦虫を噛み潰したような表情を見せた。

「紋様？」

水津は新たなキーワードを口にした。

「おわたり奥の壁にあった彩色紋様だ。あれは、このような穴のほぼ全てに施されてい

る」

「ほぼ全てに、と言っても、あんな穴はここのおわたりだけじゃないんですか？」

「ああ、そうだ。詳しくは言えないが、私の知る限り日本国内にも複数確認されている。あの彩色紋様、おそらく起動の際に何らかの引き金になっていると思われるが、あれが典型的な特徴だ。ただ、紋様の形や数、配置など仕組みは全く解明できていないがな」

この数十分の間で聞いた、志藤の語るあまりに荒唐無稽な話に、水津は鼻から大きく息を吐き、その両拳を額に押し当てた。

何十秒かの静寂が二人の間を支配した後、

「穴で消えた人は、どうなるんですか？」

ぼそりと水津が訊いた。志藤は上目遣いにちらっと水津を見て、判らん、とだけ言った。

「判らない……んですか」

予想していなかった素っ気ない回答に、水津は少し困惑した。

「ああ、穴の空間が歪んで人が呑み込まれるように消えるのは確かだが、その後どうなったのか確認された者はいない。空間の捻れに潰されるのか、それとも全く消滅してしまうのか、とにかく跡形もなく消えてしまう。大体、あんな穴自体が何のためにあるのかも我々には分かっちゃおらんのだ」

全てが分からないという回答に、そうですか、とだけ呟く水津に、ところで、と志藤が声を発した。

「常安君の足跡はどうしたんだ？」

「消しました。麓のレンタカーで靴底のパターンを確認した後、再びおわたりに戻って足跡を消しました」

「そうか……そうだな、賢明な判断だ」

二人はタイミングを合わせるかのように無言で煙草を咥え、

「君は信じるのか？」

先に紫煙を吐いた志藤が訊いた。問われた水津は、天井に向かって大きくゆっくりと灰白色の気体を吐いた後、

「何をですか？」

意地悪くも聞こえる言葉を返した。

「私の言った話だ」

そう答えた志藤は、ふん、と鼻で息を吐き、

「君の言うように、荒唐無稽な話だ。一般の人間には信じられない奇異で突拍子もない話かも知れないが、私と常安君は大真面目に研究をしていた」

自虐的とも思える苦い笑いを見せた。

「信じる、信じないは別にして、少なくとも教授の仰った話を填《は》め込まないと、今の異常な状況を説明できないと思います。それに、どうも六十数年前にもおわたりで行方不明者が出ているようですから。それ以前にも何十年かに一度くらいの割合で」

「六十数年前？　何十年かに一度？」

志藤はゆっくりと顔を上げた。

水津は宿の女将と尼僧から聞いた話を志藤に伝えた。

「ええ」

「そうか……不定期に何かのはずみで稼働するようだな。この地方の人間は、昔から穴の存在を認識していたということか」

志藤は考え込むような表情で言った。
二、三秒、二人の会話に間が空いた後、ところで、と話題を変えるような言い方で、
「先ほど教授は、人が消える瞬間を確認している、と仰いましたが、それは実際に教授が見られたということですか？」

水津の口からその質問が出た瞬間、志藤の表情が急に強張り、その薄い唇が、きっ、と音を立てるように引き絞られた。志藤は一瞬上目遣いに水津を見て、再び窓の外に顔を向けた。その強張った表情の割に、視線は遙か彼方に向けられており、そして、ゆっくりと鼻孔から流れ出る息は、水津の問いに答えるかどうか考えているようにも見えた。

ややあって、

「妻と娘が呑まれた」

その引き絞られた口が重そうに開き、言葉を吐いた。

「奥さんと娘さんが……」

短く悲痛な内容に水津は愕然とした。

「三十年前だ。旅行がてら私のプライベートなフィールドワークに同行していた二人が、目の前で穴に消えた。娘はまだ八歳だった……」

志藤の顔は窓の外に向けられたままだった。最愛の妻娘を奪われ、今また自らの愛弟子を失った志藤の落胆と失意を考えると、水津はそれ以上何も言えなかった。

しばらくの沈黙の後、水津が口を開いた。

「教授、そろそろ現地に戻りましょうか。僕は気になることが何点かありますので、とりあえず今の教授の話を前提にして、ネットや古い民俗資料を調べてみます。申し訳ありませんが、これから現地までとその後の宿までは、運転手付きの車でお願いできますか」

志藤は、そうか、済まんな、と言って、疲れたようにゆっくりと立ち上がった。


水津は事務所の玄関で志藤を見送った後、まずはずっと疑問に感じていた蓬央寺についてネットで調べ始めた。田舎の無名に近い寺のため、ヒットしたサイトも限りなく少なく、その寺号について同じ名の蓬央大学との関係はおろか、寺の経営母体や関係する宗教法人その他も確認することはできなかった。

しかし、注目するものとして、弘化四年、西暦で言えば一八四七年の創建であるという寺の縁起について触れ、しかも、御本尊が即身仏であることを記したサイトが一つあった。そこには、その御本尊が一般に公開される御開帳の周期までが記されていた。

（西日本で即身仏を御本尊にしている寺ってのも結構珍しいはずなんだが、意外にそれをネタにしているサイトは少ないな。

やはり、即身仏に関しちゃ東北辺りの方が数も多いし、年代も古いからヒット数に格段の差があるのか）

そんなことを考えながら、水津は記述を読み続けた。

（御開帳……衣替えを行うため十二年に一度、入定した十二月一日に公開されている、か。

それに加えて、入定から一六〇年後には、即身仏となった上人の遺言で総開帳と称し、即身仏の持ち物全てを初めて公開するのか。

一六〇年ってのも何だか切りの悪い数字だな……。

持ち物なんて何があるんだろうか？）

さほど多くもない文字数を読み終わり、水津は椅子の背もたれに身を預けてラッキーストライクを咥えた。

（しかし、分からない。

何故行方不明者を〝ふだらくさん〟と呼ぶのか？

今回の失踪はともかく、六十数年前のふだらくさんとは何だったのか？

あの尼僧も何か知っているような態度で、女将に訊け、と言っていた……。

もしかすると、六十数年前の一件に何らかの事情があったのかも知れない
あの寺にしても、何故どこの宗派にも属さず、その宗教機能を全く果たさないで存在し

得るのか？

何故お経も知らないような尼僧がいるのか？

彼女は何者なんだ？

そして、何故唐突に即身仏なのか？

この地方で即身仏の例などないはずだ。

まして、何故一六〇〇年という中途半端な年数で総開帳なのか？

何故、何故なんだ。

時空転位の穴なんて、本当に伝奇小説かＳＦの世界だ。

全てが奇異で不自然に思えて、あまりに気持ちが悪い。

何かが喉元から鳩尾にかけて引っ掛かっているようだ……）

水津の思考は何重もの螺旋を描き、それは無限の闇に引き込まれ始めていた。

（不自然に謎が多過ぎやしないか？

全ては御嶽を中心にしているように見えるけど、それはこの狭い地域故の偶然なのかも知れない。

もしかしたら、個々の謎に関連性はないのかも知れない。

でも……それらが全部どこかで繋がっているような……。

そして、その繋がりに何か意図的なものを、誰かのストーリーを感じる気がする。

気のせいなのか）

「あー、分からない」

そう声にした水津は、天井を仰いだまま煙草の先に火を着けた。

(何だか、できるものなら組み立ててみろと、ガンプラのバラバラ部品を目の前に並べられたような気分だ)

そして、ふうー、と大きく紫煙を噴き上げた時、

(ちょっと待てよ。

一八五一年の入定から一六〇年目って……。

今年じゃないか？

あの尼さんも、ちょうど一六〇年前に入定、って言っていた。

で、その十二月一日と言えば、そうだ明日だ。

総開帳って、全ての持ち物って何が公開されるのか……)

水津は急に身を起こし、さして短くもなっていない煙草を灰皿に押し付けた。そして、

「その前に、なきやの女将に分からないことを訊いてみるか。そうだ、そうしよう」

独り言ちながら、机の上の電話機でなきやの番号をプッシュし、女将に面会して話を聞きたいと伝えた。

運転手付きの車が出払っていたことから、水津は運転し慣れたランドクルーザーにキーを挿し、エンジンを始動させた。

(女将に訊くといっても、あの尼僧の態度からしたら、もしかして六十数年前の一件には

何かタブーが潜んでいるのかも知れない。

そうなると、余所者《よそもの》である僕に話すだろうか？

適当に誤魔化して聞き出そうにも、あの女将、人の心を読む能力を持っていると聞いたことがある。

そんな能力って実在するのか？

まぁ、時空転位の穴ってのがありそうに思えるくらいだから、そんな能力があってもおかしくはないが……。

もしそうだったとして、果たして本当のことを教えてもらえるだろうか？

その上、志藤教授に関する余計な事情も読み取られる可能性が高い。

しかし……読まれても何でも、まずは正直に訊ねてみるしかないだろう）

そう考えた水津は、胸ポケットからスマートフォンを取り出し、志藤の携帯電話を呼び出した。そして、明日自分が現地には行かない代わりに迎えとして運転手付きの車を宿に行かせる、と伝えた。


午後三時過ぎ、とうとう降り始めた小雨の中、水津の運転するランドクルーザーがなきやに着いた。

「こんにちは、失礼します」

玄関を入り奥に向かって声を掛けると、ややあって、はいはい、という声とともに、梅《うめ》鼠《ねず》の着物に空五倍子《うつぶし》色の帯を締めた女将が顔を出した。

「ああ、水津さん」

「済みません、お忙しいところ無理を言いまして」

水津はお辞儀をした。

「まぁまぁ、忙しいことなんぞありゃあしません」

そこまで言って、女将は、ケンケンッ、と気になる音の咳をした。

「風邪気味で咳が出ましてなぁ。感染《うつ》してしもうたら申し訳ありませんが、まぁそんなところで畏《かしこ》まっとられんで上がって下さい」

女将は水津を入ってすぐの応接間に案内した。以前、古聞、伝承の聞き取りに訪れた時もこの部屋に通された記憶があった。

「どうぞ、お茶を淹れてきますんで、ゆっくり座っとられて下さい」

座布団を勧めた女将はすぐに部屋を辞した。

障子の開け放たれたその部屋の縁側から質素な中庭を眺めることができた。そして、その向こうには名波の泊まっている離れがあった。台風が近づいているせいか、軒下から窺える空は斑《まだら》な灰色が渦を巻き、部屋から眺める景観に重苦しい雰囲気を与えていた。

廊下に気配がして、女将が湯気の立つ茶碗を二つ盆に載せて現れた。

「お待たせしました」

「済みません、体調もお悪いのにお手数をお掛けしまして」

「風邪気味いうても大したこたぁありゃせんです。まぁお茶をどうぞ」

水津は女将の勧めるまま茶碗を手に取り、上品な香りの茶を一服啜った。

「いつもながら美味しいお茶です」

「いえいえ、粗末なもので申し訳ありません」

正直に感想を述べる水津に女将が笑顔で答えた。

老若の二人はしばし黙って茶を飲んでいたが、その静寂に幕を引くよう女将が口を開いた。

「今日は何かお訊きになりたいことがおありと」

女将は水津の目を見据えるように言った。

「はい。おそらく、女将には言葉を飾って婉曲に質問しても無駄でしょうから、単刀直入に何点かお伺いします」

「ほっほっほ、この婆《ばば》を狐狸妖怪《こりようかい》のようにでも思っておられる」

女将は皺だらけの口をすぼめて可笑しそうに笑った。まるで、水津を掌で転がし遊んでいるようにも思えた。

「そのような類いの者とは思っていませんが、まあそれに近い能力は持っておられるとの話ですので」

「そうですか、ほいじゃ何なりと」

水津は女将に顔を近づけるように身を乗り出した。

「僕が知りたいのは、御嶽とその麓にある蓬央寺について、そして、六十数年前のふだらくさんについてです」

女将はその質問を予想していたかのように表情を変えなかった。

「あの寺の縁起については寺の尼さんから伺いました。ただ六十数年前の件については、女将に訊け、と言われましたので」

「そうですか……富江《とみえ》がそう言いましたか」

答える女将の顔に一瞬陰りが見えた。

「とみえ？」

水津の問い返しに答えず、女将は縁側から外の景色に顔を向けた。

「さて、どれからお話ししましょう」

女将はそこで言葉を切って目を閉じた。

水津は静かに女将が話し始めるのを待った。そして、黙って座っていたら置物にも見える小柄な老女は、ゆっくりと口を開いた。

「一昨日水津さんは、何でふだらくさんと呼ぶのか、と聞きんさりましたなぁ」

「ええ」

「補陀落渡海っちゅうのを知っとられますか？」

水津に向き直った女将が訊ねた。

「ふだらくとかい？　いえ、聞いたことがありません」

「仏様の教えを極めるため、観音浄土を目指して小舟で海の彼方に出帆する、一種の捨て身の行です。昔は紀伊半島や四国、九州の太平洋側辺りから、多くの修行僧が南方の海上彼方へ消えていったと聞いとります」

「そ、そんな乱暴な……。一体いつの時代の話なんですか？」

「平安時代の半ばから江戸時代まで続いとったようです」

「それは本当の話なんですか？」

「はい、今でも熊野那智《くまのなち》の海岸近くには、その出帆基地となった寺が残っとるそうです」

「そうなんですか。で、その補陀落渡海が？」

「あの御嶽がその観音浄土、補陀落世界への出発地じゃったんです」

あまりに意外な女将の言葉に、水津は口を開けたまま声を失った。

「徳の高い方や修行を積まれたお坊様が御嶽のあのおわたりに籠もられ、何年、何十年かかるか分かりませんが、その願の成就された時、補陀落世界へと渡っていけたんです。じゃが、望んだ者の皆が渡っていけたわけじゃのうて、本当のところは殆どの人が渡れんかったのが事実のようですわ。逆に望んでもないのに、たまたま御嶽に分け入ったか迷い込んだか、おわたりに入り込んだがために補陀落世界へ行ってしもうた、っちゅうことも間々あったようです。そんで、望むと望まんに拘わらず、御嶽でおらんようになった人を、補陀洛さんと呼ぶようになったんです」

「そ、それは……」

水津は、呆けたように口を開けたまま、言葉を返すことができなくなった。

「急にこがいな話を聞きんさっても、俄には信じられんと思いますがのぉ」

信じられないからあ然としていたわけではなく、水津がその存在を時空転位の穴として聞いていたから、また志藤と常安以外に誰も知らないと思われていたその穴の現象を、この老女が知っていたからこそ驚愕したのだった。

それまで胸の前に抱くようにしていた茶碗を静かに置き、

「そうですか、あの大学の先生のご家族も……」

女将が小さくぽつりと言った。

(しまった!)

女将の言葉で水津は慌てて視線を自ら持つ茶碗に移したが、彼女は彼のその反応にはお構いなく続けた。

「じゃが、おわたりで人が消える、それは事実なんですわ。そして、そのためにこの宿があるんです」

女将は再び茶碗を手に取り、冷めかけた茶をすすった後、小さく息を吐いた。そして痰でも絡むのか、うんっうんっ、と喉を鳴らした後、ゆっくりと話し始めた。

「この宿の名前、うちの屋号でもあるんですが〝なきや〟言います。望んで補陀落さんになろういう人が、おわたりに向かう最後の晩に家族や親しい人達と今生の別れをする宿、別れを惜しむのか渡っていくのを祝福するのか一晩中泣き明かす宿、それが〝泣き家〟なんです。元はこの辺りの庄屋じゃったんですが、いつの頃からか御嶽が補陀落世界への出発地になって、いろんな人が宿を乞うて訪れるようになりました。そのうち、じゃ補陀落世界行きを望む人のための宿を作ろう、っちゅうことになって建てられたのがこの宿です。宿としての歴史はおよそ三〇〇年、この私で九代目の当主になりますわ。まぁ、何度か建て替えられたり手を加えたりしましたし、その後、普通のお客さんも泊める旅館になって今に至っとります」

「やはり、昔から御嶽での行方不明者はあったんですか」

やっと声を出すことのできた水津は、冷めかけた茶を口に含んだ。

「それで今回の常安さんを除いて、一番最近の補陀落さんは六十数年前ということですか?」

「そうですなぁ、正確には六十四年前じゃなぁ」

女将は水津から目を逸らし、俯くようにして言った。

「それは一体?」

「お茶を淹れ直してきましょう」

水津の質問には答えず、ケンッケンッ、と咳をしながら、女将は盆に茶碗を二つ載せて席を立った。

女将が部屋を出ると同時に水津は確信した。

(ダメだ、完全に走査されてしまっている。

それならそれで直球勝負しかない。

老巧《ろうこう》だが悪い人じゃないはずだ）

女将が新しい茶碗を盆に載せて持って入ってきた。

「お待たせしました」

「済みません、お代わりのお茶まで」

先ほどとは違う茶碗を勧める女将に水津は礼を言った。

「いんえのう。それより、六十四年前の話じゃったですかいね？」

「はい」

「あの時におられんようになったんは、内務省の若いお役人さんじゃったです」

「内務省？」

「はぁ、あの頃はまだ終戦直後で、内務省が解体されずにあったんですわ。そんで、そのお役人さんは進駐軍の担当じゃっちゅうことで、この辺りに進駐軍専用の保養地を造るゆう話を持って調査に来んさったんです」

「それでその役人が御嶽で？」

女将は再び外に目をやり、少し間を置いて、

「登っていったっきり、そのまんまじゃったですなぁ」

と言った。

水津は、うーん、と唸って腕組みをした。聞けば聞くほど意外な状況が出てきて、なか

なかイメージが具体化しないためだった。熱めの茶を一口啜った水津は、話題の方向を変えて別の疑問を口にしてみた。

「そう言えば、女将さんは先ほどあの寺の尼さんのことを〝とみえ〟と言われましたが、ご存知なんですか？」

女将は両の掌で茶碗を包むように持ち、

「ありゃあ私の娘、一人娘の富江です」

少し小さな声で言った。

「え？　娘さん？　しかし、女将の娘さんがなぜあんな寺、いや失礼……何であの寺の尼さんに？」

「さっき言うたお役人さんと恋仲になりましてなぁ……」

「恋仲に？」

「そのお役人さん、調査が長引く言うて、うちの旅館に逗留されました。まあ若うて背の高いハンサムな人じゃったのもあって、まだ子供というてもおかしゅうない、箱入り娘で免疫のない富江が惚れてしもうたんです。じゃが、あんなことになってしもうて……。富江は狂うたように毎日毎日御嶽を探し回って、それでも見つからんで諦めるかと思うたら、なんと尼になって待ち続けると言い出しましてなぁ。亭主も私も何とかやめさせようとしたんですが、父親に似て根が頑固なもんで、一度言い出したら全然言うことを聞かん子ですけぇ。それでも、そのうち諦めるじゃろうと高を括って放っておいたんですが……それで六十四年ですわ」

水津はあの尼の言った〝愛しい人〟という不似合いな言葉の意味が理解できた。

(あの人は待ってたんだ。

あの場所で待つだけだったら、お経を憶える必要もないはずだ。

だが、ただ待つだけで六十年以上も過ごせるものだろうか?

何があの人をそうさせるんだ?

……いや……もしかすると)

一瞬、それまで水津の頭の中で渦巻いていた螺旋が、急にその回転を解いてばらけ、全ての謎と事象が磁石に引かれる砂鉄のように、一つの規則性を持って繋がり始めた。

しかしそれと同時に、一区切り話し終わった女将が、ひっ、と声を上げ、皺の間に埋もれていた目を大きく見開いた後、激しく咳き込み始めた。水津は慌てて女将の後ろに回り、その狭くて細い背中を摩《さす》ったが、その時女将の体がひどく熱っぽいことに気が付いた。

「済んません、ええですええです、もう楽になりましたけぇ。水津さんに感染してしもうたら申し訳ないです」

女将は枯れた両掌を合わせ、拝むように言った。

「大丈夫ですか? 熱がおありのようですから、続きは明日にでもしましょう。後で永田《ながた》先生に往診をお願いしておきますから」

永田というのはこの地域の開業医で、大半の住人が世話になっている老医師だった。

「いんえのう、ちょっと風邪を引いとるだけで大したことはありゃしませんけぇ。それよりも、今回のことが水津さんの考えとられるとおりじゃったら、おそらく今日中に本当のことを話しておかんと」

「げっ、やっぱり僕の考えていることが判ってたんですか？」

水津は弾かれたように女将の背中から手を離した。

「はぁ、子供の頃から人の考えを見る力だけはありました。水津さんが何を考えて、何を調べようとされとるんかも全部判ります」

「……済みません」

自分の座布団に座り直して項垂《うなだ》れるように詫びる水津に、女将は言った。

「私は御嶽が、少なくともおわたりはなくなりゃあええと思うとります。そうせんと、この先も富江のような人間が出るでしょうから。下手をしたら名波さんも、待ち続ける人になるかも知れません。いけんのです、それじゃぁいけんのです」

全ての状況を知っているのか、俯いて消え入りそうな声で言う彼女に、

「富江さんは、おわたりに入った人がどうなるか、ご存知なんですか？」

水津は、さっきふと思い至った自分の考えを裏付けるための質問をした。

「それは……おそらく知っとると思います」

女将は呟き込むのを避けるためか、かなり小さな声でゆっくりと答えた。

「昔からこの辺の者は、あの穴に呑まれるとどこかに飛ばされる、観音浄土や極楽なんか

じゃのうて、どこか遠くの見知らん場所に、それもいつの時かも分からんように、っちゅうのは薄々知っとりました。嘘か本当か分からんですが、飛ばされた者が翌年えらい歳を食って帰ってきたとか、逆に何十年後かに飛ばされた時の若いまんまで見つかったとか、江戸の頃の話も残っとります」

「やはりそうですか。それで、その六十四年前補陀落さんになった役人の名前は分かりますか？」

「上常《かみじょう》、上常安人《やすひと》と言います」

「かみじょうやすひと！　それは間違いありませんか？　どういう字を書くんですか？」

水津は身を乗り出すように訊いた。

「はい。上常は上下の上に常識の常、安人は安全の安に人間の人です」

（これで繋がった、やはりそうなんだ）

だが、そう思い込みたいのは分かるが、状況から考えるとそれは不自然だし、その根拠も考え過ぎだ。

「水津さんっ！」

水津は女将が急に出した意外なほど大きな声に驚いた。

「あの子は、あの子はそれであの寺に……」

顔に悲壮な表情を浮かべた女将は、そこまで言ってよろけるように畳に手を突いた。水津は再び女将の傍に駆け寄りその体を支えた。

「もしかして、女将さんは娘さんの心を読めないんですか？」

「読めんのです、家族に対しては読めんのです。親のも読めんかったです。亭主も一緒になった途端、読めんようになりました。知らなんだ、あの子がそんなことを考えとったとは……」

畳についた枯れ枝のような右手に涙が落ちた。そこには人の心を読む怪老ではなく、娘を思い涙を流す、老いた母親がいた。

「じゃが、そりゃないです。水津さんが考えるような、そんなことはありゃあせんのです」

「女将さん、そう言い切れる根拠は何なんですか？」

水津は女将の両肩を支えたまま正面に回り、老女の濡れた目を見つめた。

「教えて下さい、何を知ってるんですか？　六十四年前に何があったんですか？」

詰問する水津の腕に女将が崩れた。

「女将さんっ、大丈夫ですか！　しまった、熱がひどい」

皺だらけの額に手を当てた水津は慌てた。枯れた体とは思えない高熱が掌に伝わってきた。意識を失って荒く不規則な呼吸をする女将を、とりあえず座布団に横たえ、スマートフォンで永田医師を呼び出した。電話さえ繋がれば隣町から救急車を呼ぶよりも早いだろうと考えたのだった。

永田医師は愛用の軽トラックを飛ばし、五分ほどで宿に着いた。

「こりゃいけん、肺炎を起こしとる。すぐに総合病院に入院させんと。えーと水津さん言うたかな、表にあったデカい車はあんたのかね？」

てきぱきと診察をしながら訊く永田に、水津は、はい、と答えた。

「そりゃ具合がええ。すぐにこの婆さん積んで、総合病院までぶっ飛ばしてくれんか。今から救急車呼ぶよりもその方が早い。儂《わし》も一緒に乗っていくけぇ」

「分かりました」

水津はすぐに立ち上がり、よいしょっ、と声を出して女将を背負った。しかし、女将の体は掛け声を出したことが恥ずかしくなるほど軽かった。

ランドクルーザーの後部座席に女将を横たえ、その隣に老医師が座った。

「先生いいですか、出発しますよ！」

イグニッションにキーを差し込みながら、水津は慌ただしく首を捻って後部座席の永田に声を掛けた。

「おう、事故せんようにぶっ飛ばしてくれ。途中で駐在やパトカーが追い掛けてきても、儂がそいつらの頭に麻酔薬を打ち込んじゃるけぇ安心せえ！」

水津がクラッチを繋いでアクセルを踏み込むと、ターボチャージャーを装着したディーゼルエンジンが甲高い咆吼《ほうこう》を上げ、四本のタイヤが未舗装の地面を噛み込んだ。そして、ランドクルーザーは雨脚の強まった町道に向かって飛び出していった。

総合病院のロビーで上等とは言えない長椅子に水津は座っていた。両膝に肘を突き、下を向いてじっと床のPタイルを見つめながら、女将の証言を反芻した。

緊急入院となった女将は老医師とともに処置室から病室へと移り、その病状がどうなのかは全く判らなかった。

（おわたりが時空転位を起こすのは確実だと判断するしかない。

教授や女将、何の繋がりもない複数の人物が結託して、僕を騙そうとしている可能性は……限りなくゼロだ。

そうなると、常安さんは本当に時空転位した。

そして、常安さんはどうしたのか？　どう考えたのだろうか？

やはり、あの場所、あの時に戻ろうとするだろう。

でも、それができなかったら、叶わなかったとしたら……。

僕だったら……本当に飛ばされたとしたら、僕はどうするだろうか？）

水津の頭の中では全てが猛烈な勢いで結び付きながら、一つの結論に向かって進み始めていた。

（それしかないな。

全ての情報と事象がそれを指している。

しかし、これはあまりにも……あの穴以上に荒唐無稽な話だ。

しかも、もしそうだったとしても、それがどっちなのか確定できない。

確かに、全ての情報を総合するとこっちである可能性が高いんだが、考えているとおりだとすると、もう一つにも可能性が残ってしまう）

導き出そうとしている奇想天外な結論を前に、思考は自問自答を繰り返した。

（明日……後は明日この目で確認するしかないだろう）

大きな溜息を吐き、水津は待合室の天井を仰いだ。そして、「呪縛《じゅばく》……」と小さく呟いた。

（呪縛だ。

みんな呪縛されているんだ。

明日確認した後、もしそうだったら、呪縛は解けるのだろうか？

解けたとしても、それは呪縛から悲しみへのバトンタッチに過ぎないんじゃ……。

だが、ここでそうしないと、みんながそれぞれに呪縛されたまま生きていくことになる。

特に名波さんのこれからの人生は……。

しかし、それは僕の役目なんだろうか？

いや、こうなった以上、僕以外のみんなが呪縛されている以上、引き算しても僕しかいないんだろう）

自問自答は際限なく続いた。

「水津さん」と突然名前を呼ばれ、疑問と肯定を繰り返す男は声の主に顔を向けた。目の前には永田医師が立っていた。

「ああ先生、どうですか女将は？」

水津は立ち上がって訊いた。

「大丈夫だ、やはり肺炎に進行しとったが、命には別状はないじゃろ。ただ、儂の祖母と言うてもええくらいの歳じゃけえ、当分はベッドで安静にしとらにゃいけんが」

「そうですか、安心しました」

老医師の笑顔を確認して、水津は胸をなで下ろした。

「じゃそういうことで、後はここの病院に任せて帰るか」

「ご面倒をお掛けしました。先生、車で送らせてもらいますよ」

「あぁそうだな、甘えさせてもらおうか。儂も医院を放ったらかしで飛び出てきたし、それにまだ昼飯も食うちゃおらん。この歳になると、あと何回飯が食えるか分からんでのぉ。はっはっは」

老医師は笑いながら腕まくりしていた白衣の袖を下ろした。

「先生、そんな寂しいことを言わないで下さいよ」

二人は笑いながら駐車場に向かった。

◆

未明から降り始めた雨がひどくなった捜索四日目が終わった。

私たちが土木省の車で帰る途中、女将が急病で入院したので明日から隣町のビジネスホテルに宿泊願いたい、との水津からの連絡が携帯電話にあった。加えて、台風の接近と前線の活発化で明日の捜索は見通しが立たないが、明朝必ず連絡する、とも伝えられた。

宿に戻ると夕食として仕出し料理が届けられていた。女将がいなくなっただけで、元々閑散としていた古い旅館に空虚感が加わり、重力が二倍になったかのような体の重さを感じた。私が捜索に立ち会ったのは一昨日と昨日今日の三日間だけだが、気を張り続けていたためか、もうすでに一週間以上捜索が続いているような疲労感を覚えていた。そしてそれ以上に、ただテントの中で待つしかない状況から来る焦燥と、手掛かりすら得られないことに対する疑念を感じ始めていた。

地図で見る限り、捜索の対象はさほど広くない範囲に限られていて、参加してくれている人々も二十人以上いる。なのにあの人に関して何の痕跡も手掛かりも見つからなかった。アルプスやヒマラヤのような山岳でもなく、緩やかとは言えないが女の私でも登れる、迷いようのない一本道しかない山。

（山の捜索ってこんなものなのだろうか？）

体は疲れているのだが、気持ちが焦《じ》れるのか眠気も訪れず、妙に思考だけが冴え、意識が自問自答を繰り返した。

（本当にあの人は御嶽に登ったのだろうか？

目撃者が嘘を言っているのでは？

いや、そんなことをしても何の意味もないはず。

もしかして見間違いか勘違いでは？

でも、駐車してあった車やその中に残された荷物など、全てあの人が御嶽に、おわたりに向かったことを示している……）

煙草を咥えて灰皿を取ろうと机の上に手を伸ばした時、隅にきちんと置かれているパソコンの上のノートが視界に入った。灰皿と一緒にその薄い大学ノートを手に取って膝の上に置いた。表紙には〝2011．11〜〟とだけ緑色のサインペンで書いてあった。

あの人は緑色の筆記具を好んで使い、サインペンもボールペンも、わざわざ緑色のものを探して買っていた。

煙草に火を着けてパラパラとノートを開くと、中には三角形をした御嶽やおわたりのスケッチが描かれ、引き出し線でその各部について説明が書き込まれていた。他のページには、あの人特有の、罫線を無視した乱雑で読みづらい走り書きが縦横構わず記されていた。

それは、きちんと整理されたレポートでもないため、具体的に何を記述してあるのか判らなかったが、最後に書かれていた内容に目を引かれた。

九ページ以降は白紙だったが、その前の八ページ目に〝時空の転位〟〝行先〟の乱れた文字があり、その下にはおわたりの奥の壁で見た縦に長いYの字が描かれ、横には〝本当に飛ぶのか？〟と短い疑問形の文章が乱暴に書かれていた。

（時空の転位？　行先？

何の事だろう?

飛ぶ、とはどういうこと?

何が飛ぶのだろう?)

このノートから、あの人が特におわたりを調べていたことは一目瞭然だった。

(もしかして……)

この数日かけて行われた捜索が、急に見当違いで無駄なものに思えてきた。

(ただの失踪とは違うのでは?

あの人が行方不明になったのは……)

ノートが膝から畳の上に滑り、その上に煙草の灰がぽとりと落ちた。

(そう、消えたんだ!

何か尋常じゃない事態が起こって、おわたりで消えた。

そう考えれば全ての辻褄が合う。

だから下りてきたのを誰も見ていないし、何も手掛かりが見つからない。

そして教授とあの水津という男は、あの人に関してあの人以外の何かを調べているような気がする。

それはあの人が消えたことに関係する……。

あの二人は何かを知っている!)

思い至った結論が、それこそ尋常でないことはよく分かっていた。しかし、今の私にはそうとしか考えられなかった。

戻るには戻れたが……
あの時とは違って、動かない。
もう、望みはないのか。
……絶望……

# 【五日目】

中国地方に停滞している前線が接近する台風に刺激されたせいで、昨日からの雨は土砂降りとなり、大雨洪水警報も発令される最悪の天候となっていた。季節外れの台風はこの地方を直撃するルートを取っており、今夕から夜半がヤマとの予報だった。

午前八時過ぎ、水津から私の携帯電話に連絡があった。やはり、本日の捜索は中止になり、ついては今から迎えに行くので旅館からホテルへ移ってもらいたい、とのことだった。疲れのせいかそれとも悪天候のせいなのか、目覚めた時から頭痛を感じていた私は、電話を通して耳に響く水津の声が少し苦痛に感じられた。

午前九時、もう見慣れた四輪駆動車が宿に着いた。既に荷物をまとめていた教授と私は、傘も差さないでその車に走った。

「ここの旅館はどうするんだ？」

助手席に乗り込んだ教授が水津に訊いた。

「親戚にあたる方が戸締まりに来るそうです。当然、常安さんの荷物は手付かずで、とお願いしてあります」

水津は後部座席の私に言った。そして、

「これから行くホテルにはレストランもあります。お二人とも朝食がまだでしょうから、そちらで召し上がって下さい」

言いながらシフトノブに手を掛けた。

車は、どす黒い空から際限なく落ちてくる雨の中を、忙《せわ》しなくワイパーを振りながら走り続け、私は昨夜思い至った考えを問い質す機会を見つけることができなかった。


水津の運転する車は土砂降りの中をかなりのスピードで走り、三十分ほどで目的のホテルに着いた。玄関の車寄せにその大柄なボディを滑り込ませ、水津はいち早く運転席を降りて、助手席と後部座席のドアを外から開けてくれた。

(あの人の失踪を心配してここまで甲斐甲斐しく私たちの世話をしながらも、一方ではあの人以外の何かを調べているこの男は、一体何を考えているのだろう?)

済みません、と言って車を降りながらも、頭の中の大部分に昨夜からの疑念が覆い被さっていた。しかし、問い質してみようとは思うが、頭痛のせいなのかそれともその機会がないためか、徐々にその異常な考えを口にすることができなくなっていた。

教授と私が服や荷物についた水滴をハンカチで拭いている間、先にフロントに行って従業員と話をしていた水津が振り返って言った。

「事情は話しておきましたので、今からチェックインできるそうです。ここは、うちの事務所に出張してこられる方々に紹介している、馴染みのホテルですので遠慮は要りません。とりあえず、宿泊カードに記入をお願いします」

本来この時間帯でのチェックインはできないのだろうが、馴染みである事に加えて彼が上手く交渉してくれたようで、宿泊カードの記入を終えるとすぐにルームキーを受け取ることができた。

「部屋に荷物を置かれた後、レストランで食事をどうぞ。とりあえず僕はこれで一旦失礼しますが、後ほどまた連絡します。申し訳ありませんが、それまでホテルで待機していて下さい」

「何を連絡してくるんだ?」

「連絡があるまで待つということは、それから何かあるんでしょうか?」

私達は疑問を口にした。

「それは後ほどお話しします。まだ確認して了解を取りつける必要もありますので。では」

意味の判らない言葉を口にしながら、水津はそそくさとロビーを出ていった。

(この荒天の中、何があると言うのだろう?)

しかし、徐々に激しくなる頭痛で、私にはそれ以上考えることができなかった。

◆

ホテルを出た水津は、蓬央寺に向けて車を走らせていた。それは、総開帳が本当に行われるかを確認するためだった。おそらく寺に電話なんかないだろうから実際に行くしかない、と昨夜思い至ったのである。そして、総開帳にはあの二人を連れていき、立ち会わせるつもりだった。

(実際にその目で確認させないと、こんな話は信じてもらえないだろう。

ただ、名波さんの態度から、彼女は既に何かを感じ取っているような気がする。

彼女には教授もあの穴の正体を話していないと思うが……。

具体的には何も判っていないのだろうが、やはり今回の異常性に薄々気が付き始めているんだろう。

もしそうだとしたら、逆に少しはやりやすいかも知れない)

思考を重ねながら車を走らせた。

(問題は総開帳が行われるとしても、一般の僕らが立ち会えるかどうかだ。

十二年ごとの衣替えは一般者でも自由に見られるそうだから、総開帳への立ち会いも大丈夫とは思うが。

それと、もう一つ心配なのは、始まる時刻が夕方以降でなければいいんだが)

水津は台風が上陸して、最接近する時刻を案じていた。

(上陸してこの辺に到達するのが、夕方から夜半という予報だ。

できればそれまでに、動きが取れなくなるまでに済ませたい)

ヘッドライトを点灯したランドクルーザーは、土砂降りの中を疾走した。

◆

チェックインを済ませて客室に入り、私はバッグの中から鎮痛薬と胃薬の錠剤を取り出してバスルームに向かったが、備え付けのガラスコップに注いだ水で飲み込もうとした錠剤が喉につかえ、ゴホゴホと咽《むせ》た。何かに胸を締めつけられているような感覚で息苦しく、すんなりと嚥下《えんげ》することができなかった。それは、昨日までは感じることのなかった感覚だった。

(今日に限って、どうしたんだろう?)

何のせいかは分からないが、体が何かに怯えているような気がした。

(そうだ、あの時と一緒……)

母が死んだ時を思い出した。

高校二年の授業中、急に教頭がやってきて教室から呼び出された。母が危篤状態になったと病院から連絡が入ったためだった。その六年前に父を失っていた一人っ子の私にとって、母は唯一血の繋がる家族だった。

病室に駆け込むと末期癌の母は虫の息だったが、それでもまだ意識をもって私を待っていてくれた。そして私の手を弱々しく握ると、そのまま眠るように逝った。

あの時の、教頭の運転する車で病院に向かう時の感覚と同じだった。胸が締めつけられ、何かが起こる気がしていた。

　軽くシャワーを浴びた後、しばらくベッドに重い体を投げ出していると頭痛も治まり、一緒に飲んだ胃薬の効果もあってか空腹を感じ始めた。タートルネックのセーターの上にカーディガンを羽織って部屋を出、レストランでポタージュスープとサンドイッチを注文した。そして食後のコーヒーを飲んでいる時、再びあの胸を締めつけられる感覚が蘇ってきた。

（やはり何かが迫ってきている）

　レストランの窓ガラスに降りかかる大粒の雨を見つめながら、コーヒーカップを持ったまま考えた。

（水津は何を連絡してくるのだろう？）

　どこかへ行くのだろうか？

　コーヒーカップに口をつけ、最後の一口を含んだ。

（今朝からのこの感覚……。

　あの時の教頭のように、水津が何か核心部分に私を導こうとしているのか？

　もし核心に触れた時、私はどうなるのだろう？

　その時私は……）

　支払いを済ませてレストランを出た時、ポーチの中の携帯電話が着信メロディを奏で始めた。ディスプレイには十一時四十分という時刻と水津の名前が表示されていた。

「はい、名波です」

「もしもし水津です。もう食事は済まされたでしょうか？」

「ええ今、朝と昼を兼ねて頂きました」

「それでは、今から五分程度でお迎えに上がりますので、出掛ける準備をしてロビーで待っていて下さい。では」

一方的に通話は切られた。

(やはりどこかへ……)

通話の切れた携帯電話を持ったまま立ちつくしていた私は、急に後ろから掛けられた声にびくっとした。振り向くとロビーに教授が立っていた。

「名波さん、水津君から電話があって、今から迎えにくるそうだ」

「分かりました、すぐに準備をしてきます！」

自分でも意外なほど大きな声で返事をして、すぐエレベーターに乗り込んだ。

エレベーター内の鏡に映った私の顔は、頬が紅潮していた。

(何を興奮しているのだろう？

判っている。

何かが判明することが私には判っている)

思いは確信となっていた。

部屋に戻って素早く化粧を直し、ポーチだけを掴んでロビーに戻った。冷たい雨が斜めに降り込んでいる車寄せに四輪駆動車が駐まり、助手席ドアの横に水津が立っていた。

「遅くなって済みません」

ロビーの自動ドアが開くのももどかしく駆け寄る私に、水津は後部ドアを開けてくれた。

教授はすでに助手席に座っていて、ジャケットの肩に降り掛かった雨粒を手で払っていた。

「水津君、一体どこへ行くんだ？」

運転席に乗り込んで慌ただしくシートベルトを締める水津に教授が訊いた。

「今から蓬央寺に向かいます。先ほど約束を取り付けましたんで」

そう言った水津は車を荒々しく発進させた。何故か私にはその口から出る声が重々しく聞こえた。

「蓬央寺？」

教授は虚を突かれたような顔で、ハンドルを握る彼に向かって言った。

「ええ、御嶽の麓にある蓬央寺です」

水津は前を向いたまま答えたが、その目は一瞬ルームミラーを通して私に向けられた。

「なぜ蓬央寺に？」

「常安さんを捜すためです。常安さんの手掛かり、そして伝言が蓬央寺にあるはずです」

私の質問に彼は抑揚のない低い声でさらりと答えたが、その言葉は車内の空気を一瞬固結させ、息を呑む自分の喉の音が聞こえた。

「伝言っ⁉　常安君は消え……いや、失踪する前に伝言を残していたのか？」

教授は詰問するように水津に体を向け、私も助手席の背もたれを掴んで身を乗り出していた。

「いいえ、失踪してから後、にです」

水津が何を言っているのか全く意味が解らず、それは教授も同じようだった。

「どういうことなんだ？　何を言ってるんだ？」

「確信はあるんですが、未だ誰も見たことはないので確実かと言われれば何とも。それにまだもう一つの……」

彼は教授の発言を遮るように意味不明な言葉を吐き続け、ハンドルを握る手に力を入れた。そして、

「全ては寺に着いてから説明します」

もうこれ以上の応答を拒否するような言い方をして口を閉じた。


ホテルから四十分ほど走り、ランドクルーザーは蓬央寺に着いた。台風の接近で、捜索本部テントも撤去された空き地の寺に近い場所へ車を駐めた後、水津が二人に傘を渡し、三人は山門を潜り、大粒の雨の中を小走りで真っ直ぐ本堂に向かった。

「富江さん、済みませんお邪魔します」

水津が大きめな声を掛けると、障子が開かれて尼僧姿の富江が姿を現した。

「雨もひどく降っていますので、まずはどうぞお上がり下さい」

富江の促しで、三人は体に着いた雨粒を払って本堂に上がった。

本堂の中には全部で十枚ほどの円座が横二列に敷かれ、壁際に十数本の百目蝋燭が灯されていたため、外の薄暗さにも拘わらず意外に明るかった。三人は前列の円座の中央に右から水津、名波、志藤の順で座った。

「ようこそいらっしゃいました。本日は悪天候ゆえ、臨席は今のところこの四人だけのようですが、総開帳は予定どおり午後一時から始めたいと思います」

三人に茶を勧めながら富江が言った。ウェストバッグを外しながら富江を見遣った水津には、心なしか彼女の顔に一瞬笑みが浮かんだように見えた。

目の前の茶碗には手も付けず、志藤が焦れたように訊いた。

「この寺に何があるのか、水津君、そろそろ話してもらおうか」

「僕も何から説明すればいいのか、上手く整理できていないんですが……」

水津は持っていた茶碗を円座の前に置いて天井を見上げた。

「お二人にここへ来て頂いたのは、先ほどこの寺を守りしておられる富江さんが言われたように、本日行われる御本尊の総開帳に立ち会うためです」

「御本尊の総開帳？」

疑問を口にする志藤と名波の視線が富江に向けられた。

「はい、その御本尊とは、この寺を創建された上人の即身仏です」

「即身仏、つまりミイラか。東北の湯殿山《ゆどのさん》辺りは有名だが、この中国地方では聞いたことがない」

　民俗学の関係で造詣があるのか、志藤は腕を組んで言った。

「そうです、中国地方では非常に珍しく、おそらく他には例がないと思います」

「何故そのミイラが私に関係するのでしょう？　それよりもあの人の、常安の手掛かりと伝言というのは一体何なんですか？」

「そうですね、先に常安さんのことを話した方がいいようですね」

　問い掛けに答えるように名波に顔を向け、水津はゆっくりと話し始めた。

「名波さん、落ち着いて良く聞いて下さい。常安さんに関しては、ただの失踪や行方不明ではありません。常安さんは、この世界から消えたものと思われます」

　彼女の肩越しに息を呑む志藤が見えた。

　名波は水津の目を見つめ、一瞬の間を取った後に口を開いた。

「この世界から消えた、とはどういうことなんでしょうか？」

　名波の態度は水津の言葉を予想していたかのように冷静だった。

「常安さんはあの穴、おわたりに呑み込まれて、文字通り消えたんです」

「水津君っ！」

　志藤が腰を浮かせ、水津の言葉を遮るように叫んだ。

「教授、分かって下さい。今回の件を名波さんに説明するためには、どうしてもあの穴の正体に触れざるを得ないんです」

水津の言葉に渋い表情をした志藤が無言で腰を下ろし、二人から少し下がるように座り直した。

「あの人のノートにも書いてありましたが、時空の転位とは何なのですか？」

「常安さんのノートに？」

「他にも御嶽やおわたりのスケッチ、それから行先とか飛ぶといった言葉も書いてありました」

「そうですか、ならば話は早い。いいですか、あのおわたりは、何かの拍子に空間を歪め、人やものを呑み込んでしまうんです」

さすがに水津の答えは名波には荒唐無稽すぎたようで、彼女は薄く口を開いたまま動かなくなった。志藤は眉間を強張らせて床を見つめ、富江はその穴の正体を知っているためか、円座の外側で静かに座っていた。

水津は茶碗を手に取り、茶を一服啜って話を続けた。

「あそこで、常安さんは運悪く発生した時空転位に呑み込まれ、消えました」

「しかし、あの時水津さんは、おわたりではあの人に関して何も分からなかった、と言ったじゃないですか」

名波が責めるように言った。

「済みません、嘘をついていました。おわたりには常安さんの入った形跡がありました。そしてそれは、僕が全て消しました」

水津は頭を下げた。

「何故、何故なんですか？」

「あの時、僕にもあの穴の正体は判っていませんでしたが、何か異常な事態が起こったことだけは感じていました。おわたりの中の常安さんの形跡とは、彼の足跡でした。それも、入ってから奥に向かって進み、戻ってきた様子のない足跡です。しかし、それを明らかにすることは、常安さんの捜索に混乱を来すと考え、黙っていました。ですから、その足跡が常安さんのものだと確認した後、消したんです」

懺悔にも似た水津の言葉に続けて、

「そうだ、あれは呑み込まれたら最後、出口のない危険なものなんだ。だが、そんな事を言っても、そのような穴を研究している私と常安君以外は、誰も理解できないし、信じてもらえる話ではない。だから、捜索に混乱を招くとして足跡を消した水津君の判断は、それで正解なんだ」

志藤が床を見つめ、拳に力を入れながら低い声で言った。そして、水津は茶碗を円座の前に置いて名波の目を見つめた。名波もじっと水津の目を見つめていたが、耐えられなくなったのか静かに視線を逸らして俯いた。志藤も床を見つめたままだった。ただ、少し離れた尼僧だけが、何かを待つように穏やかな顔で座っていた。

ややあって名波が俯いたまま訊いた。

「呑まれたら……あの穴に呑み込まれたらどうなるんですか？」

志藤が顔を上げ、その問いに対して口を開いた。

「判らない。潰されてしまうのか、消滅してしまうのか」

「いや、そんなことはありません」

自分の発言を打ち消して敢然と答える水津に志藤は驚いた。

「水津君、たとえ慰めでも、そんな無責任なことを言っちゃいかん」

志藤は水津を戒めるように怒気を込めて言った。

「いや教授、そして名波さん、少なくとも今回の常安さんの場合は、潰されたり消滅したりはしなかったはずです。呑み込まれた後も、常安さんは生きていたんです。そして、伝言を持って帰ってきたんです」

その言葉に名波が目を見開いて水津を見つめ、志藤教授は言葉を失ったように口を大きく開けたまま固まった。

「帰ってきた……あの人は帰ってきたんですか？　どこにいるんですか？」

名波が素早く前ににじり出て、水津の両腕を掴んで言った。

「それを今から確認します」

「どういう意味なんだ？　どうやって確認するというんだ？」

水津は教授の問いには答えず、名波の両手を優しくゆっくりと解くと、少し離れた富江に顔を向けた。

「富江さん、そろそろ時間です。始めましょう」

そして志藤と名波に向かって言った。

「総開帳が始まります。僕も初めて見るんですが、見守りながら説明したいと思います」

促された富江はゆっくりと立ち上がって黒い厨子に近寄っていき、その前で手を合わせた。それを見ながら水津が説明を始めた。

「この御本尊は十二年ごとに衣替えのための御開帳をされていますが、入定からちょうど一六〇年目の本日は、総開帳と称して御本尊の持ち物全てが開示されます」

「おかしいな、この手の年数というのは概ね十二ないしは六十の倍数なんだが、その一六〇年というのは妙に中途半端な数字だな」

志藤が疑問を口にした。

「ええ、そのとおりです。確かに御開帳だけはきっちり十二年ごとで、そのインターバルは今後も変わりません。今回の総開帳の年数だけがイレギュラーなんです。しかし、一六〇年目という数字、この意図的なイレギュラーには大きな意味があるんです」

「意図的なイレギュラー？」

その志藤の聞き返しに水津は答えなかった。

富江によって厨子が開かれ、黒い法衣を着たかなり大柄な即身仏が、両掌をその両膝の上に載せて開き、多少首を傾げた姿勢で蝋燭の灯りに照らされた。

「ほう、綺麗にミイラ化している。よほど厳しい修行を積んだと見える」

志藤の発言はいつもの学術研究者に戻っていた。

事実、ミイラの顔は崩れたり欠けたりしたところも全くなく、水津には薄く微笑みすら浮かべているように思えた。名波は顔を背けることもなく、じっと黙ってミイラの顔を見つめていた。

「ご遺言どおり持ち物を全てお開きした後、衣替えを行わせて頂きます」

そう言って、富江は即身仏が座した下の引き出しを引いた。

中には朽ち果てそうな布で何重にもくるまれた包みが入っていた。富江によって重そうに恭しく取り出され、床に敷かれた羅紗《らしゃ》布の上に置かれたその包みは、四十センチ四方程度の大きさで、回りの梱包材である緑色を微かに残す布はその経年劣化に加え、虫にでも食われたのか、いたるところ擦り切れたように穴が開いていた。

「これが持ち物全てなのか。意外に少ないな」

「ええ、これが精一杯だったんでしょう」

「精一杯？」

その時、急に名波が叫ぶような大声を出して立ち上がった。

「健司さんっ、健司さんなのっ！」

その目は大きく見開かれ、右腕を前に伸ばして一歩一歩ゆっくりと厨子に近づいていった。

「名波さん、どうしたんだ？」

志藤が声を出すのと同時に、水津が素早く彼女を後ろから抱き留め、その動きを止めようとした。

「判ったんですね名波さん。しかし、御本尊に、常安さんに触ってはいけません」

「何っ！　このミイラは常安君なのか？　水津君、一体どういうことなんだ？」

志藤が二人の前に立ちはだかるようにして訊いた。

「教授、すぐに説明しますから、名波さんを押さえて下さい」

「離してっ！　あの人なの、あの人がいるのよ！」

小さくてか細い体形に見えたが、名波のその華奢な体のどこにそんな力があるのか、体重七十五キロの水津がずるずると引きずられ、志藤が前から押し戻すようにして、やっと彼女を押さえることができた。

「名波さん、確かに常安さんです。だがもう生きてはいないんです、ミイラなんです」

水津は後ろから耳元でゆっくりと諭すように言った。

「どうして……何故あの人がこんな姿に」

名波は両目から大粒の涙を流しながら床に崩れ、絞り出すような声を吐いた。

「何故、常安君がこんな姿に」

志藤は彼女の前で四つん這いになり、肩で、はあはあ、と息をしながら言った。水津も力を抜くように息を吐いて腰を下ろした。

本堂に三人の荒い息音だけが充満し、それに耐えられなくなったように水津が口を開き掛けた時、その空間に大きくよく通る声が響いた。

「違いますっ！」

はっと声のする方を向いた三人の視線の先には、それまで傍観者を通り越して、ただ空間の一部と化していた富江が、背筋を伸ばして両拳に力を込め、怒りとも喜びともつかない表情で立ち上がっていた。

「違います。御本尊様は、じょうあん上人様は貴方達の思っている方ではありません」

高齢とは思えないしっかりとしたその目が、怒りの矢を放つように、また勝ち誇って見下すかのように名波を捉えていた。志藤が射竦《いすく》められたように尼僧から水津の顔に視線を移した。

仁王立ちの姿勢から強い圧力を発する富江を前に、水津は、ふぅ、と小さな溜息を吐き、片膝に手を突いてゆらりと立ち上がった。

「そうですか。では富江さん、貴女は御本尊を誰だと考えているんですか？」

ゆっくりと揺れるように立ち上がったにも拘わらず、水津は毅然と大きく胸を張っていた。

その凛とした姿に気圧されたのか、富江が一歩引いた。水津の問いに返ってくる言葉はなかった。

「上常安人《かみじょうやすひと》」

水津の口から出た名前に、富江はバネ仕掛けの玩具が飛び上がるように反応し、微妙に泳ぐ視線を水津に向けた。

「貴女の恋人だった上常安人さんではないですか？」

「どうしてその名前を……」

先ほどの態度とは打って変わり、尼僧の口から出る言葉は怯えたように途切れた。

「なきやの女将さん、貴女のお母さんから聞きました。上常さんは御嶽で行方不明になったそうですね。貴女はいつからか、おわたりで消えた人間がどこか違う時の違う場所にたどり着くことを聞いていた。そしてこの御本尊が、過去の時代に行ってしまった上常さんだと思って、ずっと永い間、六十年以上も傍に居続けた。そして、おそらく貴女が上常さんに贈ったか渡したかした、大事なものを確認するために、今日のこの日を待ち続けたわけですね」

尼僧は何も答えず俯いたが、その態度は水津の言葉を無言で肯定していた。

「しかし、それは違います。そうじゃないと、この悲しい命懸けのストーリーの、全ての辻褄が合わないんです！」

水津がきっぱりと言い切ったその時、突然本堂の障子が弾かれたように開けられ、冷たく湿った空気の流れとともに、ずぶ濡れの小さな塊が転がり込んできた。

「そうじゃ、違うんじゃ、そんなことはありゃせんのじゃ」

弱々しい言葉を口にしたそれは、なきやの女将だった。

「お母さんっ」

「女将さんっ」

対峙していた二人が同時にその名前を呼んで駆け寄り、そして富江が子供でも抱えるように母を抱き起こした。

「女将さん、なぜここに？　病院はどうしたんですか？」

「入院なんかしとられんです。この子に考え違いしとることを言わんといけんので、タクシーで飛んできました」

水津の問いに女将はぜえぜえと喉を鳴らしながら、消え入りそうな声で言った。

「お母さん、何が考え違いなん？」

「私が、この私が悪いんじゃ、あんたは全然悪うない。よう聞きんさい、あんたはこの御本尊を上常と信じとるようじゃが、そりゃ違うんじゃ。上常のわけがないんじゃ」

「何で？　どうしてお母さんまでそういうことを言うんね？」

「上常はおわたりで消えたんじゃない、死んだんじゃ。私と一緒に、あんたの父親が殺したんじゃ」

女将が血を吐くような言葉を口にした瞬間、ピキッ、と本堂の空気が凍りつき、外の雨音も全く聞こえなくなった。

(考えたとおりだった)

戦慄を覚えるほどの展開に水津は思った。

(しかし、そっちの可能性は低いと思っていたが、まさか殺されていたとは思わなかった。

だが、これで答えは決まった。

まだ本当は持ち物を確認してみないと断定はできないんだが、名波さんがあの御本尊の顔を見た時の反応を見る限り、おそらく間違いないだろう。

とすると、もう一つの悲しい説明もしなくちゃならない）

水津は俯いて、大きく溜息を吐いた。

（仕方ないな。

それはそれで、僕の役目なんだろう）

しばらく呼吸を整えた後、女将は弱々しい声で言葉を続けた。

「あの男は、上常は内務省の役人なんかじゃなかった、詐欺師じゃったんじゃや。進駐軍の保養地を作るっちゅう話も出鱈目《でたらめ》じゃった。保養地の計画が決まりゃあ何の役にも立たん荒れ地やクズ山を国に高う買い上げてもらえる、と甘い言葉をちらつかせて、そしてそのために進駐軍に働き掛ける準備金、要するに裏金が要るっちゅうて町や住民を騙し、皆から大金を巻き上げおった。

しばらくして、私にゃそれが読めた。あの晩、私はあの男の泊まっとった部屋で詰め寄り、金を皆に返してこの町から出ていけ、と言うた。それを……あれは恐ろしい男じゃった。私の首を絞めて殺そうとしたんじゃや。もうだめかと思うた時に、亭主が、お前の父親が飛び込んできて取っ組み合いになり、そんで……逆に縊《くび》り殺してしもうた」

そこまで一気に話して、女将は辛そうに胸で大きく息をした。水津は手つかずで置いてあった志藤の茶碗を取り、富江に手渡した。

娘は冷めた茶を女将の口に運び、ゆっくりと口に含ませた。何十年ぶりなのか、それとも初めてなのだろうか、永い年月によって深く皺の刻まれた一人娘の手で喉を潤した老母は、少し落ち着いたのかその口を開いて再び語り始めた。

「あの時代、どんな事情があったとしても、こんな田舎町で人を殺したっちゅうたら生きてはいけなんだ。まして、一人娘のお前のことを考えたら……亭主と相談して死体を隠し、上常は御嶽で行方不明になったことにしたんじゃ。死体はおわたりまでの途中にあるお堂の下、上人様が入定された石室に隠した。金は、上常が行方不明になったんで話は頓挫した、っちゅうことで皆に返した。そんで」

「お母さん、もうええ、もうええよ。上常が怪しげなことをやっとったのは薄々判っとった。私はそれでも良かったんよ。じゃが殺したとは思っとらんかった。あの人は御嶽やおわたりに興味を持っていなかった、御嶽になんか行くはずがない。それを『御嶽で消えた』とお母さんから聞いた時、お父さんとお母さんが、おわたりに押し込んだ、飛ばしたんじゃと思うた。じゃけえ家を出た、辛《つろ》うて悲しゅうて、お父さんお母さんとは一緒に居ることができんかった。いっそ死のうかとも思うた。

じゃがね、その年の今頃、衣替えされるじょうあん上人様のお顔を見た時、私は上人様が上常じゃと思うた。じゃけえお守《まも》りしてきた、毎日手を合わせて拝んできた。今日のこの日、上人様の、あの人の持ち物の中に、私の渡した……」

流れ出る涙が母の頰にかかり、母の目からも大粒の涙が溢れた。母を抱えて静かに言葉を口にする富江は、尼僧という殻を外して娘に戻っていた。

「そうじゃったんか……済まんことをした……私にあんたの心さえ読めとったら、あんたに知られるのを恐れたりせなんだら、こがいな辛い思いはさせなんだのに……。あんたに、実の娘にだけは知られるのが怖かったんじゃ」

　そこまで言って女将は大きく咳き込み始め、後の言葉が全く続かなくなった。

「女将さん、いいですから、後は僕が話しますから。ただ、すぐに救急車を呼びますので」

　水津はスマートフォンを取り出して一一九番を呼び出し、天井を見つめながら状況を説明し始めた。

「そうですか、隣町からですか、それはちょっと……ええ、まあ高い熱はないようですが、咳が出るのと、体力が相当落ちているようです。……はい、仕方ないですね……分かりました。なるべく早くお願いします、では」

　そして、救急車の手配を終えた水津は、女将と女将の背中を撫でている富江に向き直った。

「救急車はこの悪天候の中を隣町から出動するそうなので、多少時間が掛かるかも、と……。申し訳ないんですが、ちょっとの間辛抱してください。その間に大急ぎで説明をしましょう。

　富江さん、貴女が御本尊を上常だと思い込んだのもよく分かります。実の親が自分たちを引き離した行為を許したくない一心から、貴女はこの寺に逃げ込んだ。そしてご両親との一切の関係とコミュニケーションを断ち、孤独の中で一人上常を想ううち、子供の頃から誰からとなく聞いていた、おわたりに消えた者は、どこか他の土地や時代に飛ばされてしまう、という話と結び付け、過去に飛ばされた上常がじょうあん上人になったと思い込んだのでしょう。それは、二人の仲を引き裂いたというご両親の非道な行いに対する許し難い負の感情を、上常の時を超え自分に向けられた姿で上書きして薄れさせようとする、ある意味、心を癒やすための無意識による特効薬だったのでしょう。御本尊の体形と顔立ちが上常に酷似していたのも悲しい偶然だったのかも知れませんが、僕は貴女がそう思い込んだ最大の理由が、この御本尊の御名《おんな》にあったのではないかと考えています。もしかして、御本尊の御名である〝じょうあん〟は、常識の常に安全の安と書くのではないですか？」

富江は無言で頷いた。水津は、名波が身を起こして向き直る気配を背中に感じていた。

「貴女は常安上人という四文字が上常安人のアナグラム、つまり並び替えで、その御名そのものが彼から貴女に対するメッセージだと判断した。しかし今となっては、ただの考え過ぎとしか言いようがありません。酷いようですがもう一度言います、この御本尊は上常安人ではありません」

理路整然と語る水津が止《とど》めとも言える言葉を告げた時、富江は歯を食いしばるようにして嗚咽を漏らした。

「しかし、確かにこの名前に意味はあります。御本尊、というよりも即身仏の名前が〝常〟と〝安〟という漢字であること、これには重要な意味があるんです。なぜなら、この即身仏が名波さんの婚約者であり、志藤教授の愛弟子でもある、常安健司さんだからです」

「やはり、やはりそうなんですね」

背中に名波の声が聞こえた。水津が振り返ると、彼女は座ったまま泣き笑いのような表情を向けていた。今度は名波に向かって座り直し、水津は言った。

「これから先は、貴女に説明しなくてはなりません」

彼女はそれに答えるように、水津を見つめて頷いた。

「今までの説明で、粗方の状況は分かって頂けていると思います。ですので、おわたりに呑まれてからの常安さんについて話しましょう。ただし、これから話すことは残された様々な手掛かりを基に僕が推測したものであって、直接見たわけではないので、細かい部分で不明な点や多少の相違があるかも知れません」

そう言って水津は飲み残した茶を口にし、言葉を続けた。

「おわたりに呑み込まれた常安さんは、今から一六五年ほど前の江戸時代末期、それもあと十数年も経てば明治に変わるという時代に飛ばされたと考えられます。それは、即身仏になる〝入定〟という儀式が行われたのがちょうど一六〇年前ということ、入定前の五穀断ち、十穀断ちという修行に掛ける千余日という日数、そしてそれ以前のこの地における常安さんの活躍、それらを勘案して算出しました。しかし、どこの地に降り立ったのかまでは判りません。もしかすると、あの持ち物の中にその手掛かりがあるかも知れません。自分が過去に飛ばされたことを理解した彼は、とにかくこの地を目指しました。怪しまれずこの地に戻るため、何らかの方法で僧侶の姿と化し、もう一度おわたりに入って元《もと》の時代、この現代に戻ろうとしたと思われます。しかし、それは叶わなかったのでしょう。そして、今度は未来に対するメッセージを残そうとしました。それも、一六〇年経っても朽ちることのない、確実に意図が伝わる方法で。そのために彼の出した結論が、即身仏だったのです」

「いや、何で即身仏なんだ？」

名波の横から志藤が訊いた。

「信仰という力を以て存続し、指定した日にその存在を示すためです。徳のある上人の即身仏それ自体が信仰の対象となり、信仰ある限り大切に扱われ、もっと後の今日のような時代には、学術的研究もしくはオカルト的な興味の対象としてあり続ける。そして遺言どおり、一六〇年後のこの日というジャストタイミングで全てを伝えるためです」

「そんな、そんな苦しい思いをしなくても、他にもっと良い方法がなかったんでしょうか？」

「あの時代といえども、現代まで保存可能な素材や物質、いわゆるハードウェアはあったでしょう。しかし、その存在を確実にアピールする手段、ソフトウェアはこれしかなかった。例えば、手紙や遺言を残したとしても、その後の激動の時代をくぐり抜けて、それが確実に我々の手に届くかは期待できないでしょう。幸いにもこの地域を廃仏毀釈の嵐が襲ったという記録はないようですので、システムとして、やはりこれがベストだったんだと思います」

「ちょっと待ってくれ。信仰をソフトウェアとするにしても、自分が失踪する、例えば三、四日前を指定日にする、という手段もあったはずだ。彼の性格と研究分野からすれば、即身仏の存在を知れば必ず総開帳に立ち会うだろう。即身仏となった自分の姿を戒めとしておわたりに入ることを回避する、という手だ」

志藤は当然とも言える考えを口にした。

「そうですね、その辺は僕にもよく判りません。ただ、想像で言わせてもらえれば、先ほど教授の言われた彼の性格からですが、即身仏、はっきり言って死体である自分と、まだ生きている自分が対面してしまうことによって、人を呑み込んでもその生存を許すおわたりに対する興味が異常に加速され、やはり、おわたりに踏み込んで同じ轍を踏んでしまうことを懸念したのではないでしょうか。加えて、SF小説でよくあるパラドックスを案じたのかも知れません。同一の時空間に同一人物が二人存在する事によって、それが死体と生体であったとしても、どのような事象が発生するのか……これはちょっと僕の考え過ぎかも知れませんが」

志藤は返す言葉が見つからず口を閉じた。

その表情を確認した水津は続けた。

「話を戻しましょう。くどいようですが、常安さんにとってのタイミングは、確実に今日でなくてはならなかったんです。何故なら、名波さんと教授が揃ってこの場に居るからです。彼は自分の失踪が判明した場合、名波さんと教授が必ず現地に来て、数日間は滞在し続けると推測したはずです。そして、彼はもう一つの仕掛けを施しました。自らの名前を僧名っぽい〝じょうあん〟と読み替えて御嶽の麓に寺を創建し、山号を設けず寺号を蓬央寺としました。そうです、彼や教授、そして名波さんが在籍する蓬央大学の蓬央です。大学の関係者であれば、山号も持たず、仏教施設でありながらその機能に乏しく、その上、大学と同じ名前を持つこの寺に疑問を持つはずです。事実、僕ですらこの寺の存在意義に疑問を覚えたくらいですから、民俗学の見地からも奇異な存在に映るはずです。彼はこれによって、教授や名波さん、もしくは関係者の注意を引こうとしました。ですからここは寺なんかじゃなく、彼自身のモニュメントであるとともに、彼の撒いた餌だったんです。そうまでして常安さんは、今日この日この時に全てを賭けたんです」

「そこまで……しかし、何故、何が彼をそこまでさせたんだ？」

嘆きとも聞こえる志藤の言葉を聞きながら、水津は残った茶を飲み干し、茶碗をゆっくりと床に置いた。

「心から愛した名波さんへの、信頼して面倒を見てくれた教授への想いです。そして、そのお二方の呪縛を断ち切るためです」

「私の呪縛？」

「我々の呪縛？」

その呪縛という言葉の意味するところが理解できないのか、二人は同時に声を出した。

「おそらく行方不明者として扱われる自分によって、名波さんの心が一生縛りつけられるであろうということです。その心に縛られて、行方不明者と故人とでは、残された人にとって心の持ちようが確実に異なります。彼は、たとえ過去の時代とはいえ、名波さんは一生一人で常安さんを待ち続けるかも知れません。彼は、たとえ過去の時代とはいえ、自分が確実に死んだ、という事実を伝えることによって、それを断ち切ろうとしたんです。くどいようですが、そのためには即身仏になるという自殺行為しかなかったんです。そうでもしないと、死んだ、という事実が確実に伝わらないんです」

「私の呪縛とは何なんだ？」

その声に、名波は横に首を向けて志藤を見た。

「名波さんの逆です」

「逆？」

「教授の奥さんと娘さんが今回のおわたりのような穴に呑まれたということを先日お聞きしましたが、このことは常安さんにも話されたんじゃないですか？」

「ああ……以前、彼にも話した」

「教授は、奥さんと娘さんが穴に呑まれた段階で、死んだか消滅したと思われています。

そしてこれは僕が感じたことですが、その原因を作った自分を、それを防げなかった無力さを、ずっと責め続けているのではないでしょうか。これが教授、貴方の呪縛です。おそらく常安さんも僕と同じように感じたはずです。しかし違った。穴に呑まれても死ぬことはなかった。誰もがそうだとは限らないのでしょうが、少なくとも常安さんは死ななかった。ということは、教授のご家族もどこかで生きている、または生き続ける可能性があるということです」

志藤ははっとした表情で、次の言葉を乞うように水津を見た。

「それは過去だけじゃなく、未来かも知れません。もしかすると今この時にも、どこかに現れるかも知れないということです。名波さんの場合とは逆に、彼は、生きている、という事実を確実に伝えることによって、教授に希望を持ってほしかったんだと思います」

志藤の頬を大粒の涙が流れた。名波も富江も女将も、皆がそれぞれの想いを持って涙を流していた。水津もこの常安の壮絶なまでの精神力、行動力、そして愛する人々に対する崇高な想いに目を潤ませ、天井に顔を向けた。

「あの人が遺したものを見たいのですが」

名波の言葉で我に戻った水津は、ゆっくりと富江親子に顔を向けた。

「見せて頂いてよろしいですね」

富江は女将を抱き支えたまま、はい、と小さく答えた。水津は名波と教授に背を向け、躙《にじ》り寄るように羅紗布に近づいた。そして、慎重にゆっくりと虫食いだらけの包みを開き、名波と志藤も覗き込むように見守っていた。

　和紙と布で何重にもくるまれていたのは、蓋もなく半ば崩れかけた桐の箱で、中には一辺三十センチ、厚さ十センチ程度の鉛色をした金属板があり、その上に長さ二十センチほどのぼろぼろに朽ちた袱紗《ふくさ》袋が載せられていた。袱紗袋を手に取るとそれは脆く崩れ、入れられていた十五センチ程度の棒状のものが二本露出した。

　水津は丁寧に袋から取り出した二つのものをそっと名波に渡した。

「心当たりがありますか？」

　両掌で優しく受け取った名波はじっとそれを見つめ、

「あの人の使っていた……サインペンとボールペンです」

　掠れそうな声で言った。蝋燭の灯りを近づけてよく見ると、それは確かに二本の筆記具だった。

「あの人は緑色が好きで、サインペンもボールペンも緑のものを使っていました」

　両方とも永年の経年変化で細かくひび割れてくすんでいたが、かろうじて元々の軸の色である緑色が判別できた。

　続いて、水津は金属板を取り出した。

「意外に軽いな……そうか、そういうことか」

　取り出した金属板の表面をハンカチで軽く拭いたが、中身の手掛かりになるような文字などは書かれていなかった。

「鉛だな」

志藤が水津の肩越しに呟いた。

「ええ、おそらく中は木の箱でしょう。それを鉛できっちりと包んで密封してあるようです。ほら、継ぎ目に鏝《こて》か何かを押し当てて熱で潰してあります。要するに、メッセージの缶詰ですね。保存する環境に左右されない方法を必死で考えたんでしょう。これなら二、三〇〇年は平気で保《も》ちます。開けていいですか？」

名波の肯《うなず》きを確認した水津は、ウェストバッグから多目的ナイフを取り出し、慎重に鉛の継ぎ目に刃を差し込んで剥がし始めた。

すっかり剥ぎ取られた鉛の下からは、予想どおり薄い桐の箱が現れ、水津の手によってゆっくりと蓋が外された。中には綿が詰められ、その真ん中に二束の折り畳まれた書状があった。一つは表に毛筆で【名波幸恵様】、もう一つには【志藤教授様】と細々とした、震えるような、それでいてどこかしがみつくような筆体で書かれていた。

「やはりこれは、お二方へ宛てた常安さんのメッセージです」

慎重に書状を取り出した水津は、どうぞと言ってその二通をそれぞれ宛名の主に手渡した。

名波と志藤は丁寧にその書状を開いて、食い入るように読み始めた。

『幸恵へ

急に消えてすまない
僕は不注意でおわたりと呼ばれる穴に呑まれ、一六五年前の、江戸時代末の伊予に飛ばされてしまった
この穴は空間と時間を歪め、物質をそのままの状態で転送してしまうようだ
まさか僕が入って調査している時に動くとは思わなかったが、今となっては取り返しのつかないことになってしまったと後悔している
もう一度穴に呑まれればと、やっとの思いでこの地に戻ってきたが、おわたりは二度と僕を呑み込もうとはしなかった
どうやら数十年から百年程度に一度、何らかの原因で動くようで、何か不測のことでもない限り、最低でも今後数十年は動かないと思われる
もし、僕の生きている間に穴が動いて再びそれに呑まれたとしても、おそらく元の時代、元の場所に戻れる可能性はゼロに等しいだろう
また、このまま僕が驚異的な長寿を全うしたとしても、君のいる平成の時代まで生き続けることは不可能だ
僕は今、僕の全てだった君に二度と逢えないことに加え、時間の漂流者となって孤独であり続けることに絶望している
このまま孤独と悲しみに苛まれながら、この時代に生きていくことはできない
しかし、僕がどこでどうなったのかを何とか君に伝えなければならない

そうしないと、君は僕という亡霊に取り憑かれたまま、不幸な一生を過ごしてしまうだろう
だから僕は、自ら命を絶ちそれを君に伝えることによって、僕に関する一切を白紙にして、諦めてほしいと願っている
そのため今は、僕がこの時間という大きな壁に勝負を挑み、そして勝つための全ての準備を整え、最終段階である十穀断ちの行も終えようとしている
おそらく、もう数週間で僕の人生も終わるだろう
もし今、君がこれを読んでいるなら、君の目の前にある即身仏が僕であることを理解してほしい
そしてお願いだ、どうかもう僕を待たないでほしい
全てを忘れて、新しい別の人生を送ってほしい
さようなら、愛している

常安健司』

名波は手紙を膝に落とし、顔を両手で覆い声を上げて泣いた。愛する者を失った悲しみ、今ここにある愛に報いることのできない嘆き、そして時を超えて寄せられた想いに対する喜び、それらが綯《な》い交《ま》ぜとなった号泣だった。

『志藤教授へ

せっかく教授に頂いた注意を守らず、不用意に穴に踏み込んで、このような結果となりましたことをお詫びします

本来なら不出来な弟子と叱責頂くところではありますが、それも叶わぬこととなり、誠に面目次第もありません

呑み込まれた後の私に関しましては、同梱の幸恵宛書面に簡略記しておりますが、それ以外に、是非とも教授に伝えたきことを記させて頂きます

まず一つ、御嶽のおわたりに関しましては、今回の件からも明らかなように確実に時空転位を引き起こす穴であります

私の調査によりますと、概ね数十年から百年周期程度での稼働が確認されておりますが、不定期もしくは突発的な動きの可能性があることも否定できません

是非とも他者の立入禁止、封鎖をお願いします

次に、僭越ながら敢えて申し上げます

過去、奥様とお嬢様が呑まれたことによって教授がこのような穴を憎み、ご自身を責めておられることは重々存じております

しかしながら、今回の私の状況からお分かり頂けるとは思いますが、穴に呑まれてもその人間が死亡、消滅することはありません

奥様とお嬢様、お二方は生きておられます

私の呑まれた穴とは違うため、いつ、どこでとは定かでありませんが、生きておられるはずです
もしかすると教授のすぐ近くに、ごく最近、もしくは遠からぬ日に出現される可能性もあります
教授にはそのことを信じて希望を持って頂くとともに、今後とも研究に邁進されることを切に願うものであります
今までの多大な御指導、御鞭撻に感謝いたします

常安健司』

志藤の目からも大粒の涙が溢れていた。その涙は固く閉じられた瞼を離れ、握り拳の置かれたズボンの膝に染み込んでいった。

涙を流す二人に声を掛けることもできず、ただ無言で跪いていることが憚られたのか、水津はゆっくり立ち上がって壁際に離れた。

(常安さんは、強大な百六十数年という時に勝って、目論みどおり二人に想いを伝えることができた。壮絶な精神力と愛なのか)

それまで堪えるように溜めていた息を吐いた水津が、胸ポケットから取り出した煙草に火を着けようとした時、遠くから響くサイレンの音が耳に入ってきた。その音はだんだんと近づいて、かなりの音量となったあと急に途絶え、ややあって本堂の障子が開けられて

白いヘルメット姿の救急隊員が現れた。救急隊員は女将を毛布でくるむようにして手際よくストレッチャーに乗せ、山門に横付けされた救急車に素早く運び込んだ。

その作業の間、水津はリーダーらしい隊員に傘を差し掛けながら症状と経緯、女将の逃げ出してきた病院の名を告げていたが、その時ふと、低く響いてくる不気味な音を耳にした。隊員への説明を終えて音のした方向と思しき御嶽に視線を遣ったが、もうその音は途絶えており、水津は首を傾げた。

女将に付き添って富江が乗り込み、後部ハッチが閉じられた救急車は敬礼を終えた隊員を乗せ、再び大音量のサイレンを響かせながら緩い坂を下っていった。

傘を差し、それを山門で見送っていた水津は、背後から聞こえた志藤の大声に振り返った。

「水津君っ、名波さんがいないっ！」

開け放たれた本堂の中に名波の姿はなく、はっと御嶽を振り返った水津の目に、薄暗い町道を駆け上がる彼女が映った。

「しまった、おわたりに行く気だ」

水津は傘を放り投げて駆け出した。

◆

あの人に逢いたい、そしてあの穴に呑まれればそれは叶えられるはず、と思った。そう思った途端、私は立ち上がり、救急車の脇をすり抜けて御嶽への山道を走った。幸い教授も水津も女将の搬送に気を取られ、私が本堂を抜け出したことに気が付いていなかった。

私は誰にも邪魔されることなく、おわたりへの道を全力で駆けた。いつも受身で待つことしか知らなかった私が、こんなに必死で走っていることを、自分でも信じられなかった。

そう、私の人生はいつも臆病に待つことだけだった。それが生きていくためのたった一つの手段だったはず。何かを自分から求めることによって起こる波風を恐れ、ただ善きにつけ悪しきにつけ、この身に与えられる事象を無条件に受け入れ、そして大した幸せも恵みもないと思い、ちょっとだけ溜息をつく。多少のものを失っても、仕方ないと諦める。それが私だったはず。

だけど、だけど今は違う。あの人だけは絶対に失いたくない。

親不孝なのかも知れないが、母が死の床にある時でもこんなことは考えなかった。それは医者に告知された時からすでに受け入れていた。

でも、あの人に関しては嫌、絶対に嫌だ。あの人のおかげで心の底から幸せだと感じることができた。あの人と一緒にいることだけが幸せだと思えた。

目の前にあの人の変わり果てた姿があっても認めない、絶対にあの人を取り戻してみせる。

あの穴は何か不測のことがない限り動かない、とあの人の手紙には書いてあったが、そんなことは関係ない。動かしてみせる、私の想いで動かしてみせる。あの人が自分の命と引き換えに届けてくれた想いに応えるためにも、あの穴を通らなくてはいけない。そして必ずあの人にたどり着く。

息が切れ、心臓が高鳴り、足もふらついてきたけど、絶対にたどり着いてみせる。

◆

横殴りとなった豪雨の中、水津は名波を追っておわたりに向かった。しかし、その小柄で細い名波の体のどこにそんな脚力があるのか、なかなか追い付けないでいた。

（判っている。

彼女は常安さんを追うつもりだ。

だが穴は動くかどうか分からない。

でも、彼女は望みを見つけたんだ。

常安さんが全てを賭けたように、彼女も今、全てを賭けようとしている。

もし仮に穴が動いたとしても、常安さんと同じところに行けるとは限らない。

それでも行くのか？

そんな無謀な賭けがあるのか？）

水津は荒い呼吸で走り続けた。

（それに、さっきの音……。

女将を救急車に乗せる時に聞いた音。

あれは山の、御嶽の動く音だ。

間もなく土砂崩れが起こる。

すぐに連れ戻さないと！）

「がーっ」

大声を上げながら町道を駆け登った。

おわたりの手前でやっと名波の背中が見えた。

「名波さーんっ」

水津の叫ぶ声が聞こえないのか、彼女は振り向きもしないで、おわたりの柵に手を掛けてよじ登った。

「だめだ、行っちゃだめだっ！」

柵を越えて向こう側に降り立った彼女が、一瞬水津を見た。しかしその姿は、すぐにおわたりの奥に消えた。

「くっそーっ」

水津はぬかるんだ未舗装の路面に足を取られながら走った。額を伝って容赦なく目に入ってくる雨を手で拭いながら、必死で駆けた。そして、やっと手を掛けた柵の向こうに彼女が立っていた。

「名波さん」

「来ないでっ！」

穴の奥に立った名波が声を上げた。途中で何度も転んだのか、彼女のカーディガンもジーンズも泥だらけだった。

「お願いです、止めないで下さい。あの人のところに行かせて下さい」

「何を言ってるんだ」

「あの人の想いは帰ってきたけど、あの人は帰ってきていません。今の私にとってあの人がいない人生なんて考えられないのに、それを、それを諦めて新しい人生を送りなさいと言われても、そんなの無理です」

「だからといって、この穴に飛び込もうなんて無茶だ」

「そう、無茶なことかも知れません。でも、この向こうにはあの人のいる世界が、今この瞬間にあの人が生きている場所があるんです。だけどあの人は帰ってこられない。だから私が行くしかないんです」

もう名波の目は水津を見ておらず、その視線は水津の体を突き抜けて、その後方遙か彼方を捉えていた。

「だけど名波さん、もうこの穴は動かない。もし動いたとしても、常安さんのところに行けるとは限らないんだ！」

水津は柵から身を乗り出すようにして叫んだ。

「それにこの山は危ない、もうすぐ崩れるんだ！　早く戻らないと巻き込まれてしまう」

しかし、名波は両掌を胸の前で合わせて指を組み、目を閉じたまま、もう何も言わなかった。

「名波さんっ！」

水津が一際大きく叫んだ時、周りの空気が鈍く不快に震え始めた。

（何だ、山か？）

水津は柵から一歩離れて周りを見回した。

（違う、山の音じゃない。

まさか……）

おわたりに戻した視線の先には異様な光景があった。横殴りに降り掛かる雨が、穴の入り口の何もない空間で緩やかに反射し、その向きを手前に変えていた。

（まさか……動くのか？

何故だ、何故動こうとする？

もうすぐ山が、御嶽が崩れて、お前はもう終わるはずだ。

何故今また動こうとする？）

水津は心の底から湧き上がる怒りと憎しみを感じ、その右拳を前に突き出した。

「お前のせいで何人が泣いたと思ってるんだ。どれだけの人を不幸にすれば気が済むんだ。

もうやめろっ、彼女を呑み込むのはやめろーっ！」

そして、おわたりに向かって突進した。

しかし、その体は立て掛けたトランポリンにでも突き当たったように、いとも簡単に柵の手前で跳ね返されて二メートルほど吹き飛んだ。

尻餅をつきながら、きっと見据えた視線のその向こう、穴の中には薄青い光が緩やかに充満し始め、立ち上がって名波の名を呼ぼうとした水津は、初めて見る光景に喉が強張って声を出すことができなかった。

名波は両掌を胸の前に置いたままの姿勢で目を閉じていた。

その顔に恐れや不安の色はなく、何かを信じるような喜びにも似た笑みを浮かべ、その目から流れた一筋の涙が碧色に輝いた瞬間、名波の姿がブンッと細かい粒子にばらけたように見え、そして左右から二、三回素早く拭き取られるように消えた。幾人もの人間を呑み込んだ穴が、その時空の口を開いた瞬間だった。

空気の震えが終息して薄青い光が消えた後も、水津は息を呑んでおわたりの奥を見ていた。それは数日前に見たときと何ら変わりがなかったが、ただ先ほどと違うのは名波の姿がどこにもないことだった。

(本当に行ってしまった。

まさか、また動くとは……)

柵の前で尻餅をついたまま、水津は呆けたようにそう思った。

それからどれくらいの時間、柵の前にへたり込んでいたのか、突然、ギウー、と山の唸る音が聞こえ、はっと我に戻った。

（しまった、山が動く）

水津は転がるように走り出した。駈け下りる道の斜面から何カ所も濁った水が噴き出し、子供の頭程度の石がごろごろと路面に転がり落ちていた。

（ヤバいっ）

「おわっ」

その噴出水や転石等の障害物によって転げながらも全力で駆けたが、赤土交じりの路面は水をたっぷり吸い込み、更に容赦なく水津の足を掬った。

おわたりからの町道を半分ほど駆け下りたところで、地震のように足元が揺れ、背中から鈍い大きな音が覆い被さってきた。

振り向いた水津の目は、おわたりを中心とした半径約一〇〇メートルの範囲が、谷底に向かってゆっくりと崩れ落ちるのを捉えた。

その崩落の範囲が自分に及ばないと判った時、水津は腰を抜かしたように尻餅をつき、仰向けに倒れた。無呼吸に近い状態で走り続けたため、声も出せず上を向いたまま、肺が破れるかと思うほどの荒い息を繰り返した。そして、ぬかるんで泥田のようになった路面で大の字になったまま叫んだ。

「くっそー、くっそー、くっそーっ」

路面から跳ね返った泥飛沫を浴びながら何度も叫んだ。顔を打つ大粒の雨が、涙と一緒になって流れ続けた。


水津は肩を落とし、ずぶ濡れの泥まみれで足を引きずるようにして寺に戻った。

「水津君、名波さんは、名波さんはどうなった？」

倒れ込むように本堂にたどり着いた水津を支えながら志藤が訊いた。

「済みません、間に合いませんでした」

「どういうことなんだ？　おわたり辺りで土砂崩れの起こるのが見えたが、まさか巻き込まれたのか？」

「いいえ」

答えながら水津は名波の飲み残した茶碗に手を伸ばし、口を漱《すす》いで、ぺっ、と縁側から外に吐き出した。口の中も泥だらけだった。

「いいえ、おわたりが崩れる前に……消えました」

ゆっくりと気怠そうに胡座をかいて志藤に言った。

「消えた？　も、もしかして穴が稼働したのか？」

「ええ、青い光に包まれて……」

「青い光、同じだ、あの時と同じだ」

妻と娘が消えた時のことを指しているのは明らかだった。

「間違いないんだな、名波さんが青い光で消えたのは間違いないんだな」

志藤は水津の両肩を掴むように言った。

「ええ、間違いありません。おわたりの中に青い光が充満して、名波さんが細かい粒に分かれて、涙が碧色に光って、それで、それで……くそっ、くっそー」

言いながら水津の声は段々と大きくなり、その拳を力一杯床に叩きつけながら、語気も荒くなっていった。

「ちきしょう、ちきしょー、ちっきしょー」

「もういいっ、もういいんだ」

志藤は、拳に血を滲ませながら床を殴り続ける水津を、拘束するように両腕で抱きしめた。

「君のせいじゃないんだ」

なおも藻掻《もが》こうとするその男の耳元で、老教授は優しく言った。

「彼女は常安君に逢うことを望み、可能性を求めたんだ。そして悔しいが、穴はそれに応えたんだ」

叩きつける雨音に交じって水津の嗚咽が聞こえた。しばらくして、体の力が抜けて静かになったその男を、志藤はゆっくりと放した。

ややあって、そのずぶ濡れの男は口を開いた。

「済みませんでした、取り乱してしまって。しかし、おわたりは崩れました。名波さんが消えた直後に山が動いて、おわたり一帯は崩れ落ちました」

「そうか……」

水津の前に胡座をかいた志藤もがっくりと肩を落とした。強まる風雨が激しく本堂を叩く中、二人の男は無言で座り続けた。

どれくらい時間が経ったのだろうか、何かが吹っ切れたように志藤が口を開いた。

「水津君、こうなった以上ここにいても意味がない、ホテルに戻ろう。それからは、警察の手に任そうじゃないか。悪いが、この始末はもう我々の手に負えない」

「始末？」

顔を上げた水津が訊いた。

「ああ、常安君に加えて名波さんまでが御嶽で消えた。時間的にごく近い間隔で、それも同じ地点で二人の人間が失踪したとなると、ただの行方不明騒ぎでは済まなくなる。後は穴の正体のことも黙って、何も知らない顔をして警察に任せるしかないだろう」

学究の徒としてあるまじき現実的意見だった。

水津は力なく項垂れ、そしてのろのろと腰を上げて言った。

「そうですね。とりあえず、厨子を元に戻して引き上げましょう」

水津はそのままになっていた厨子の扉を黙礼しながらゆっくりと閉め、常安の持ち物と名波に宛てた手紙を、床に転がっていたウェストバッグに丁寧に入れた。

そして、蝋燭の火を吹き消そうとした時、円座の傍にぽつんと残された名波のポーチを見つけた。ピンク色のそれを手にした水津は、本堂の雨戸を閉め、志藤と二人豪雨の中を無言で車に戻った。

水飛沫を上げてホテルに向かう車の中は静寂の空間だった。フロントガラスを叩く雨音、忙しなく動くワイパーの悲鳴、それらは二人の耳に全く聞こえていないようだった。

ハンドルを握る水津は自失したように口を閉じ、志藤は全ての刺激を拒絶するかのように後部座席で目を閉じていた。ただ、助手席に置かれた名波のポーチだけが、その存在を示すかのように荒いコーナリングの度、座席の上を左右に滑った。

もうすぐ……もうすぐ終わる
大丈夫だ、絶対に全てを終わらせることができる
終わらせないと……確実に伝えないと
あとは……この仕掛けに気付いてくれることを祈るだけ
大丈夫だ……もうすぐ……終わる……全て……が……

# 【六日目】

　まさに台風一過の言葉どおり、成層圏まで届こうかという雲一つない青空が広がっていた。

　昨夜の台風は直撃にも拘わらず大した被害をもたらさず、急速に勢力を弱めながら未明には日本海に抜けていった。今、二人がいる駅の周辺を見回しても被害らしい被害は見当たらず、ただ街路樹から吹き飛ばされた大量の落ち葉が路上にあるだけだった。

　水津と志藤は駅の表口に立っていた。昨夜あれから一睡もできず、二人とも目が充血していた。あの後、警察と連絡を取って御嶽の状況を報告し、名波が穴に消えたことには一切触れず、彼女は途中で東京に帰った、ということにした。大学教授と国家公務員による一世一代の大嘘であったが、疑われることもなかった。

　志藤がショートホープを咥えたのを見た水津は、ポケットからライターを取り出してそれに火を着け、自分もラッキーストライクを一本取り出した。その右拳には白い包帯が軽く巻かれていた。

「どうなんでしょうね？」

　大きく煙を吐いた水津が訊いた。

「何が？」

煙草を口に咥えたまま、志藤が目を合わさず訊き返した。

「君はいつも主語や目的語を言わないで訊いてくる」

「名波さんです。常安さんと逢えるんでしょうか？」

備え付けの大型灰皿に灰を落としながら、水津は横のベンチに腰掛けた。

「さぁな。運良く同じ時代の同じ出口に行き着けるかどうか。もし行けたとしても、幕末近いあの時代に女一人であの山里までたどり着けるのか……」

志藤は空を見上げながら言った。

「悲観的なんですね」

「いや、悲観でも否定でもない。心配なだけだ」

「そうですか」

水津も真っ青な空を見上げた。

「さ、そろそろ列車が到着する時間だ」

志藤は短くなった煙草を灰皿に押しつけて言った。

「そうですね、改札口までお見送りします」

水津も煙草を灰皿に落として立ち上がり、志藤のバッグを持って歩き出した。

水津には、おわたりの崩壊から一夜明け、この前を歩く志藤が一回り大きくなったように見えた。あと数年で古希を迎えようとするこの老教授から、数十年間覆い被さっていた呪縛が確実に消え去ろうとしているのを感じた。

二人はその歩みを合わせるかのように、ゆっくりと改札口に向かった。

お願いです、誰か私たちの姿に気付いて下さい
そしてあの人たちに伝えて下さい
ありがとう、と伝えて下さい
お願いです

# 【聖夜】

クリスマスイブの夕刻、すでに日の落ちた東京郊外の駅に水津は降り立った。デパートの一部となっているその私鉄駅は大勢の人でごった返していた。様々な方向からいろいろなクリスマスソングが流れ、華やかなリボンで飾られたケーキの箱やプレゼントの包みを持ったにこやかな顔が、彼の前を足早に通り過ぎていく。その中で大きなボストンバッグを抱えたその男は、ある意味異質な存在なのかも知れなかった。

名波がおわたりに消えた台風の日から三週間余りが経っていた。

あの後、再開された常安の捜索にも水津は何食わぬ顔で参加し、御嶽の大規模地滑りもあったことから、その捜索も早々に打ち切られた。それによって、常安は正式に法的な行方不明者となったのである。

女将はと言えば、救急車で運ばれた後、あの年齢にしては驚異的な回復力を見せて、二週間後にはきっちりと退院したのだが、なきやには戻らず、蓬央寺で富江と暮らすことを選んだ。女将と富江の辛い過去を封印し、この先幾年続くか分らないが母娘の寄り添う人生を取り戻すため、宿の廃業を決心したのだった。

富江と入院中の女将には、水津が名波に関する事実を正直に伝え、彼女は東京に帰った、と口裏を合わせてもらうことにした。

富江は入院した女将に付き添っていたが、その後は以前と同じく、いや、母とともに蓬央寺の守りを続け、全てが元の生活に戻ったように見えたが、一つだけ蓬央寺に変化があった。

境内に墓が一つできたのである。正確には墓と言うより塚だった。

女将が退院する三日前、富江から頼まれた水津は、常安が最期を迎えた石室から詐欺師上常安人の遺骨を運び出したのだった。あまり気の進む作業ではなかったが、富江が上常の死を内密にしたまま埋葬したいと懇願したため、事情を知る唯一の関係者として受けざるを得なかったのである。

しかし実際には、その完全に白骨化した遺体を目の当たりにしても、恐ろしさや気味悪さは感じなかった。女将母娘の過ごした六十数年間が不憫だっただけに、ある意味可哀相な骸にも見えた。そして、その骸に朽ちながら残っていた上着の下からこぼれ落ちた、黒くくすんだ銀色のものを見た時、目に涙が浮かんだ。

その真珠の嵌《はま》った銀製のネクタイピンは、おそらく富江が上常に贈ったもので、総開帳の折に富江本人が確認したかったものと思われた。

そのネクタイピンと遺骨を塚に葬った富江は、これから先も上常と御本尊である常安を守っていく、と水津に言った。

様々な出来事があったが、結局、事件らしい事件は常安の行方不明だけで終わり、上常の死や時空の穴の存在、そして名波の失踪が表に出ることはなかった。その後、志藤から、名波は大学への辞職届を教授に預けて故郷に戻った、ということにしたと連絡があった。

水津の目指す先は実家だった。生意気にもクリスマスイブから年末の御用納めまで有給休暇を取った水津は、実家でゆっくりと一週間過ごし、その後は両親、兄夫婦とともに大晦日から正月二日までの北陸旅行に誘われていた。

（どうせ、みんなから早く結婚しろ、と急かされるに決まっているんだが……）

そう考えながらも、その誘いは年末年始にすることのない水津にとって有難いものだった。

実家はその駅からかなり離れたところにあったが、東京二十三区の外とはいえ、久々の東京ということもあって、水津は店々のショーウィンドウを眺めながら、ぶらぶらと歩いて帰ることにした。

ボストンバッグを重そうに提げ、駅から少し離れた美術ギャラリーの前を通り掛かった時、ふと、そこで開催されている写真展のポスターが目に入った。それは、

【写真で見る幕末～明治の風俗〈モノクロームの中の庶民〉】

と銘打たれており、何故かそのタイトルに惹かれるように、彼はギャラリーへと足を踏み入れた。

決して広くはないスペースの入り口付近から、年代順にタイトルどおりモノクロームの写真を擁したパネルが掛けられており、中には経年変化のためか、完全なセピア色のものも多く見受けられた。

丁髷《ちょんまげ》を結って真っ黒に日焼けした上半身裸の職人、丈の短い着物を着た裸足の子供達や日本髪で着物に襷掛《たすきが》けの女性など、順を追って見ていくうち、彼は一枚の写真の前で凍りついたように足が止まった。そこには、A2判程度の大きさのパネルに三人の人物が写っていた。

着物姿で満面の笑みを浮かべ、戸外で西洋っぽい椅子に腰掛けた小柄な中年女性が右手の指を二本立てて開き、その横に三つ揃いのクラシカルなスーツを着用した長身の中年男性がこれまた笑顔で立ち、その前に十二、三歳くらいの振り袖を着た少女が、多少緊張した面持ちで立っているものだった。

釘付けになった水津の目が捉えていたその中年女性は名波、横に立つ男性は常安だった。あの御嶽の一件の時よりも多少老けたように見えるが、間違いなくあの二人だった。

写真の中の三人は手に日の丸の小旗を持ち、背景となる商家らしい家屋の軒先には〝祝大阪神戸間鐵道開通〟と旧漢字で右から左へ書かれた横断幕が掲げられていた。そして商家の軒の上に掲げられた畳一枚程度の看板には〝藥〟の大きな文字と〝常安堂〟の屋号が読めた。

水津はパネルを掴むようにして顔を近づけた。

(間違いない……、名波さん、そして常安さんだ!)

あまりの衝撃に水津は失禁しそうになった。

(生きてたんだ、無事に出逢えたんだ)

水津の目から涙が溢れた。
(良かった、良かった。
彼女は賭けに勝ったんだ。
幸運と言うべきか、それとも執念なのか……。
とにかく良かった。
しかし、この女の子は誰なんだろう?)
そのパネルの下には簡単な説明プレートがぶら下げてあり、そこには、
《撮影者不詳『鉄道開通を祝う薬種問屋』
明治七年五月十一日撮影
おそらく神戸にあった薬種問屋の店主夫婦とその娘が大阪~神戸間の鉄道開通を祝ったものと思われるが、まだ世間一般には家族写真というものが普及、もしくは理解されていないこの時代に、ここまで堂々とした笑顔で一家が並び、現代のビクトリーサインとも見て取れるポーズで睦まじく写っているものは非常に珍しい》
と書かれてあった。
(子供だ、二人の子供なんだ!
そしてこの写真は、今の僕達に対する常安さんと名波さんからの永い時間を掛けた便りであり、勝利のメッセージなんだ)
水津は涙で視界が霞んで、鼻水で息が苦しくて感激が胸にこみ上げてきて、そして辺り

を憚らず嗚咽を漏らし始めた。

周囲のざわめく気配にはっと見回すと、他の客が何事かと遠巻きにこちらを見ていた。涙と鼻水でぐしゃぐしゃになった顔に泣き笑いの表情を浮かべ、ただ、うーうー、と唸っている水津の姿は、端から見れば極めて怪しい人物に見えたのかも知れない。

（あぁ、でも写真を撮らなくちゃ。

このパネル、写真に撮らなくちゃ）

彼はポケットからスマートフォンを取り出して素早くシャッターを押すと、逃げるようにギャラリーを出た。

外の通りには相変わらずクリスマスソングが流れていた。ギャラリーから少し離れたビルの壁にもたれた水津は、ハンカチで涙を拭い、思いっきり鼻をかんだ。そして、震える指でスマートフォンのディスプレイに先ほどの写真を呼び出し、

（あの二人、本当に逢えるとは思わなかった。

まさに奇跡だ）

それを嬉しそうに眺めながら思った。

（志藤教授に送って知らせようか……。

いや、だめだ。

教授の家族を呑み込んだ穴がどうなったか知らないが、これを見たらあの教授、名波さんと同じように自分から飛び込むかも知れない。

送るのはやめておこう）

水津はスマートフォンをポケットに納めて壁から離れ、身を屈めて足元のボストンバッグを掴んだ。そして、ほぅ、と短く白い息を吐いた後、ゆっくりと歩き始めた。

—了—

# あとがき

単身赴任中、ふと「自分の生きた証をどう残すのか」との思いが頭を過ったことから、妄想は次々と発展し、「時を超え、愛する人・尊敬する人へのメッセージ・想いをどう伝えるか」に至り本作となりましたが、発想とシチュエーションに関して、かなり異形なものとは思っています。

幼少より「ウルトラQ」や「怪奇大作戦」をリアルタイムで見たり、〝見えないモノや世界〟に興味を持って、空想・妄想に浸った成果ではなかろうかと考えるとともに、本作に登場する「穴」に関しては、これを使えばどのようなシチュエーションでも強引に設定可能な、かなり卑怯なアイテムを採用してしまったと自己嫌悪に陥っています。

物心ついたときからTV（モノクロでしたが）が存在した世代であるため、小学校時代に本（活字）を読んだ記憶はなく、お決まりのマンガやTVアニメばかり見ていたような気がします。

活字を受け入れるようになったのは、中学校入学頃だったと思いますが、父親の書庫にあったペーパーバックの小説を手にしたときからでした。

それは、赤黒い表紙だったように憶えていますが、横溝正史先生の『本陣殺人事件』で、小説という存在に衝撃を受けた後は、あらゆるジャンルの小説を読み漁りました。

今から思えば、物語中の巧みな情景・人物表現が、私の頭の中でコンパイルされ、リアルに映像・画像として再現されたことによるもので、バーチャルばかり観ていたのも強ち《あなが》無駄ではなかったと安堵しています。

しかしながら、私自身、活字とバーチャルに甲乙・貴賤・賢愚を感じてはおらず、自己の琴線に触れるメディアで共鳴・感動を心に取り込めば良いのだろうと考えています。

「昨今の本離れ」が言われて久しく思いますが、たしかに通勤電車の中でも書籍を読む人は以前に比べて減ったとは感じています。

逆に増えたのは、スマートフォンやタブレットでYouTubeやTikTok等に見入る老若男女であり、特に4Gネットワーク通信開始以降の現象ではなかろうかと、3G時代からNokiaの原始的スマートフォンを使用していたジジイには思えます。

かといって、その現象が嘆かわしいとは感じておらず、彼らの全てが動画・画像ばかり観ているのではなく、SNSにおいてはかなりの部分で活字を駆使していることから、「本離れ」はあるが「活字（文字）離れ」は起こっていないと勝手に思い込んでいます。

このようなことを書くと、書籍出版業界の方々から鉄拳グーパンチを食らいそうですが、何でもいいんです、〝自分なりのメディアで共鳴・感動を心に取り込めば良い〟んだろうと思います。

とは言いながら、本作読後の方にはお分かりかと思いますが、私自身、作品にメッセージ性を持たせることは好みません（技も術もないのでできません）ので、本作から共鳴・

感動を受けるとはまず思えませんが……。

あとがきを読まれた後に本編を読もうとされている方には、暇潰し程度にお付き合い下されば幸いと存じます。

閑話休題、今回このような異形のストーリーに着目し、出版まで導いて下さった文芸社の関係方々に日本海溝より深く感謝を捧げるとともに、最後までお読み頂いた奇特な皆様方にとって、本作が心の傷にならないよう祈り続ける所存であります。

阿伽月　寛

この物語はフィクションです。登場する人物・団体・名称等は架空であり、
実在のものとは関係ありません。

著者プロフィール
阿伽月 寛（あかつき ひろし）
戦後なのか現代なのか、よく分からない時代に広島市で生まれる。
幼少より妄想癖が強く、当時珍しくなかった防空壕跡等の穴に興味を引かれる。
某工業高等専門学校で土木工学を学び、卒業とともに土木技術者として建設省（現国土交通省）に入省。
配属されたダム工事現場周辺にある洞窟等に再び惹かれる。
国土交通省を早期退職した後、建設コンサルタント会社に勤務するも、いつ辞めようかと考える日々を送っている。

碧涙《へきるい》の彼方へ 補陀落渡海《ふだらくとかい》物語

2022年３月15日　初版第１刷発行

著　者　阿伽月 寛
発行者　瓜谷 綱延
発行所　株式会社文芸社
〒160-0022　東京都新宿区新宿1－10－1
電話　03-5369-3060（代表）
03-5369-2299（販売）

印刷所　株式会社暁印刷


ISBN978-4-286-23461-8